楊于庭集 5

全椒古代典籍叢書

（明）楊于庭 撰

政協全椒縣委員會 編

國家圖書館出版社

第五册目録

（明）楊于庭 撰

楊道行集三十三卷（卷二十五至三十三）

明萬曆二十三年（1595）季東魯、湯沐刻本

楊道行集卷之二十五

目録

行畧

封奉直大夫山東東昌府濮州知州先考渭川公行畧

楊道行集卷之二十五

全椒楊于庭著

行畧

封奉直大夫山東東昌府濮州知州先考渭川

公行畧

先大夫楊氏全椒人高祖亭曾祖玉祖茂世樸有行父西疇翁隆母盛孺人西疇翁用拮据起家迺其喜施予急人之難自天性然嘉靖二年大饑人相食翁爲糜粥賑饑者所存活衆而識者已覘其有後矣年

四十亡子賈六合王李僧家拾亡金二十金已出道橋上有拉入水者則亡金者心其儕而相與求死也者翁曰金在是遂驗而歸之分以遺翁翁不受二人泣謝其儕翁納妾胡氏已胡竟亡子越辛卯盛孺人舉公則翁年四十二而盛孺人亦三十有九矣公諱棻字讓甫別號渭川云先是西疇翁謂子息可禱致聞路老泰山謁碧霞元君生公以四望以謝公生而多病體羸瀕死者數數僉西疇翁以故奇之十六冠十七娶王宜人宜人父曰埜浦翁珮母曰徐孺人埜

澒翁故好西疇翁而徐孫人從盛孫人抱中雋公貌
故遂許以字爲其明年西疇公卒服闋補邑弟子員
公既少孤亡兄弟又癯不勝衣而是時嘔血病幾死
盛孫人乃出西疇翁故所貸與人若干券約值千餘
金悉焚不問公果瘳明年甲寅子于庭生丙辰子于
世生丁巳顧知縣逹破我家公移徙亡寧歲壬戌喪
我王宜人癸亥娶宜人田氏乙丑于庭爲諸生丁卯
學使拔之爲第授之餼當是時公横經授生徒生徒
從之皆以百數公所訓[illegible][illegible][illegible]率譏諸博士然公終

于數不第即小試亦下其門下人故所聽公訓說者會于庭已得售諸博士而次子于世又蚤死公曰吾已矣能與命格乎遂棄博士語歸卧別墅稱寄傲山人云甲戌喪我太孺人金氏乙亥予于陛生戊寅予于階生公既厭講制科業不治益喜為詩一豆一觴自枯自咏集為帙若干已亦于庭舉于鄉明年成進士授濮州守滿三載　天子以為勤　詔封公奉直大夫及母宜人制辭甚美縉紳先生榮之予實侍[illegible]公公就[illegible]不十[illegible]日[illegible]歸而于庭[illegible]不[illegible]

公曰若得齊報賤官耳何老人戀戀乎已大計羣吏詔旌治行尤異者臺董十數人而于庭與爲公聞而喜曰知也曰兒亦知是老人所得貌與昔壽多公既貴歲入緍下[illegible][illegible]門石雖開起小亭蒔花數本胠篋無長物至時賜俸千錢或誚之公曰吾豈老時不念子孫哉直不欲累吾兒清白耳亡何于庭遷戸部員外郎明年奉 命督治豫章粟便道覲公于里又亡何擢兵部車駕司郎中是時于庭所生孫再不育公憂之已又喪于階于階者十歲有異質而公絶憐焉

者也公以故忽忽不樂于庭亦欲留侍公公強言曰而父幸健進士箸兒從簡書無念我于庭泣不欲去公怒趣之遂別久之公疾作就醫白下既已于庭歸當免身公訖生孫忽又聞得女泣數行下曰吾老矣竟不見孫哉是日疾遂劇舁至家猶整衣冠與客語一夕指于陛泣曰兒幼柰何已又呼于庭作噫嘻語曰兒來來遂卒蓋萬曆戊子歲十月十四日也得年僅五十八嗚呼慟哉于庭守駕部適今 上閱 壽宮又 潞王之國諸符傳舟車事續續隸駕部 入司

以王公左司馬楊公右司馬蕭公不以庭爲不肖每事必領楊郎中云何而于庭心怔怔念公憂亟惡亟流涕爲左司馬公言司馬公寛之曰而翁未六十何憂乎惟于庭亦感慣國士遇不敢再以請每休沐獨坐未嘗不淚涔涔沾衣也計瀦藩事竣即請告歸而今已矣嗚呼慟哉公性坦夷磊落與人絶無畦町下自工匠農圃之屬莫不和顏色接之生封五品未嘗敢以貴倨先人人或謂封君宜嚴重有城府者公曰往余布袍蹇驢行百里外足重趼寧知有今日哉而

余今敢忌之哉公至孝少嘗醉得過盛太孺人太孺人心慍公則泥首跽太孺人榻前太孺人色不愉不敢起年幾四十太孺人猶杖之公泣而受杖如嬰兒也王宜人背公二十五六年矣每祭墓及忌日未嘗不哭哭盡哀公為諸生家徒壁立而獨喜㖃沫人歲時存問諸故人窶者兩從叔死子貧甚不能䬾饘公為襄厥事云女兄弟適人蚤死廩其孫為之娶婦及以資斧佐之少從金先生游金先生于王宗人為女兄夫公終身未嘗敢以其故殺弟子禮歲伏臘拜父

也即走拜先生床下先生死過其墓必下車哭[illegible]
其厚類如是性喜節俠為名高壬申春来安兩[illegible]
坐事繫諸生競之為之叩督學使督學使怒諸生諸
[illegible]而諸[illegible]自辭去公獨不去且罵曰公等皆去非
[illegible]趙氏[illegible]自[illegible]使為公齊威趙氏以故得末減公
之心事大都如青天白日其與人言披瀝肝肺意[illegible]
[illegible]至其晚年雖娱意聲色然未嘗不可對人言作
兒女子呫囁刺刺態也公為詩不摹古法要[illegible]
性靈發抒所[illegible]往往多達生語拙不能書然作字

甚謹畏即過寄于庭默默無一詞者生平往來[illegible]

必問知識之自婚王宜人暨白首日所爲及日費

家鹽米醯豉若干僉登之籍即[illegible]前一日猶[illegible]

其精力強記然也準大[illegible]亦斬斬而赭貌[illegible]吾人

而獨其[illegible]則[illegible]然好[illegible]知于人人自失云于庭不

類自勝衣延師通籍未嘗就一外傳獨從家塾[illegible]爾

猶記五歲時[illegible]不成誦公怒詰之先宜人泣曰

兒小[illegible]公曰不當令成人耶于庭年十四以

應童子試[illegible]之轉前則念先宜人早世不及

見簌簌目爲腫嗚呼先公于不孝慈則兼母也嚴則兼師也而不孝庭竟不得執手一永訣天乎天乎不孝眞罪人哉王宜人生于庭娶陳氏　封宜人田宜人生于陞聘工科都給事中戚公孫女女六長適吳適周早卒次適　德府引禮魯須慄次適生員晉三接王宜人出次適生員黃臺次適指揮謝天敘次聘張炬田宜人出孫女二尚幼王宜人生嘉靖庚寅歲十月二十日長公一歲卒嘉靖壬戌歲十一月初九日得年三十三有壺行詳具先宜人小傳中王宜人

巳葬石許橋二十三年而還先公之喪將以己丑年十二月二十八日葬從祖兆距宜人不數武于庭自惟顧家亡似學業哀迷不能揄揚先懿萬一姑撮大者如此其餘則公自狀畧及所繪圖備矣伏惟不鴻筆有以張先大夫及先宜人于庭死且不朽

楊道行集卷之二十六

目録

傳

楊道行集卷之二十六

全椒楊于庭著

傳

陳先生傳

陳先生者故全椒訓而楊子所從弟子員執禮者也名忠諫字思直號葵軒子先世温姓自洪洞贅濮陳氏則遂為陳氏濮州人父曰東溪公封奉政大夫母邢宜人四子長先生其仲弟忠翰即憲副君而所為誌銘先生墓也者先生兒時魁岸有大志長就塾師

毀諸生于隙所探得銅錢千爭拾之先生曰此盜藏獨不拾識者韙之已補郡學生郡學生稔先生文高輒辟易比試輒首郡學生太宰蒲坂楊公提學山以東慎許可獨器先生國士國士云而郡學生則又相率執經先生門下即憲副所佔俾罔非先生矣顧先生不第落落而憲副用先生語成進士濮州人至今語曰無爲霍霍陳長公蠖落進士爲秋官郎京師而先生偕叔季二弟奉二尊人于家二尊人蔑不愉也又女弟婦高氏而寡而贍之終其身成而志皆先生

芸秋官屬囚三晉先生誨之曰往念哉于公釋之乎
秋官周某多平反擢憲副兵備汝南云而先生亦起
家[illegible]撤訓劉御史者習訓有學政檄視旁邑
事先生衛以非其好也劉為獎先生以風厲學官為
先生自全椒晉校天津衛學過里會憲副亦解兵備
歸而先生念其二尊人年高迺遭不忍去之何封君
卒先生哀毀踰禮竟亦卒矣距其生年董五十有九
配楊氏子二可與可仕既塟先生憲副君為誌係之
銘越八年而先生之門人全椒楊子為濮郡守既視

事哭于先生之墓憲副君修𨵦事諳楊子求所以傳
先生者楊子曰余于陳先生而有古今之慨也或曰
何也楊子曰曩先生訓椒時余纔髫丱也然業已爲
視學使者所首拔餼二年矣比謁先生猶凜凜不乾
不衫即褫衣華必脱而見懼先生讓也已先生竟亡
讓余余窘則走先生乞俸錢先生曰第佐汝何券爲
家大人時猶諸生也又居距學宫不數武先[illegible]
歎則拔哇謊而呼家大人家大人至[illegible]
[illegible]杯細觴窮日落月陶陶而罷余入[illegible]夫人

楊夫人聞生來則戒僮治具而先生果入問有具不夫人曰欲者水耶具矣余少躁跐使氣先生曰膏以明燒薰以香銷庭乎慎之哉余所爲侍先生大概如此矣而家大人又言甬州時佐學官率方毅諸生有過輒扑即老生罔不名也今學官有是耶呴沫相逐賈販相往来行諠閙不譏矣青衿露頭角輒改容呼其別稱稱名者無幾矣伏臘上匹雛斗酒即剌剌謝不休長吏問某生也則從吏之矣有能倒倖錢佐諸生者邪諸生衫而見官長或不靴即悗服異冠亡讓

之矣稍訓詁孔子孟軻大義即昂昂乎乎而見先生也者其心曰一揩大何能為距余侍陳先生不廿年乃其倫如此余故曰余于陳先生而有古今之慨也作陳先生傳

鄒先生傳

鄒春淵先生者其先麻城人五世祖文斌從雲夢則遂為雲夢鄒氏父鵬性至孝比隣火抱母籲天泣天為反風卒不火而鄒氏用是顯雲夢云娶于張以嘉靖癸未生先生先生生七歲會宗人有坐乾沒縣[illegible]

賦逮者父鵬以先生走漢川閒歸里力操作不足資
計窮而自其就里社社兒輩辟席先生矣豪其者既
給先生橐饘甚先生恚曰豎龍非夫哉能庳庳而
為鼠子所前卻乎去之補博士弟子所胠篋經世洪
範啓蒙諸書景浩渺旁及稗官說它弟子以非功令
所急率不省獨先生好之然其數奇不第默默也先
生雖家徒壁立亦翛然自濯洗其尺幅稱是居恒
僉所嚮為黑白[illegible]而識之晚世士爭利方為圓而先
生獨斤斤先民之矩無幾微諸噱眾以為[illegible]局望見

先生輒駭而避之人父之稍稍習先生其駭與尊者半已而陰使人瞰之所為澡行寘寘者猶是也則心服靡間言而爭請來漸就先生門下邑鄭令黃令先後館之塾中與講禮一日白令所羅雪沒譁令從吏先生從馳道出且欲覲先生先生竟曳轉行雪中其執如此楚俗禨尚鬼獨先生屢二尊人喪一倣朱文公家禮且議為紛紛其說云而少年相與姍笑先生饘粥之不給而收用留留為而先生不顧也子觀光之成進士為中書舍人也附邑子有持百金壽先

[illegible]其私請者先生却之遺舍人畱何冕毋忘而大父守[illegible]父在漢川時及其家某所[illegible]淺[illegible]則努力[illegible]縣[illegible]足矣始賢長吏業知余以好修故而忍一旦[illegible]之耶亡何[illegible]視舍人未發而病度舍人且請告亟止之一夕夢一儒生稱仲由氏投刺贈先生詩寤而言之卒年五十九配鄒氏子四長舍人次覲先耿先有光偶少俊能[illegible]其家學先生自爲雲夢令所器重已楚人無不嚴事先生者而晚得其子舍人名益大進賀曰往余釋褐時蓋偕舍人給事西曹云間

各以其業進相驩甚也余故從舍人習先生鑿鑿言其行貲亡論腹笥百家稗官稱博雅君子即束髮爲豪所侵輒拂衣去彼誠有所挾豈齷齪者哉邑令闕以獨覺悛悛行雪中不由徑已造次必引于尺幅其教不衰而成之所謂施于有政者也令舍人揖志報縣令不難拒隣邑子其證金鄉吾必謂之學矣屬纘業伸由氏與語事甚慳以彼所獨行自矜競豈不相肖敍

大理寺右寺丞黃公傳

大理寺丞健所先生黃公者歙人也諱應坤字惟簡父曰古潭公　世廟間為名御史以嘉靖壬辰生先生先生自髫齔就塾師父宦邸歲除猶請業不輟而頭角已嶄嶄異羣兒矣弱冠為諸生業益進試輒高等當是時先生已失古潭翁食貧甚雖蕭蕭四壁立乎顧所與游盡天下知名士而今少師里人許公者尤石交云已成進士除浮梁令浮梁故競渡賽神往往鬭殺人抵法不衰止先生至申令召諸父老歸誡而子弟毋犯犯毋赦諸父老轉相謂令君仁寔生我

子弟柰何違令傷令君心遂止不復競渡追胥吏得
盜鈔女三十人官鬻之主者請以二妹侍先生正色
拒之其人大慙服郡司理有胥坐舞文辟法或諷先
生盍少假爲司理地先生不可竟論之尋丁母方宜
人艱赴補新淦新淦治傚浮梁先生每下車必問民
所苦蠲一切不急便宜民讞獄務平反非重辟不輒
繫蕭郎中者枉而繫新淦老也先生理之蓋白先生
去兩邑兩邑人輒擁車至不得發則又相率[illegible]祀先
生迄先生在內臺而浮梁人猶時時掃門勞之去不

云其惠政能得民如此已徵入為御史按上谷雲中三出塞塞夷脫帽頂乳酪羅拜馬首先生取嘗之諸酋長喜乃令驛者諭 上威德皆稽首願保塞長為外臣先生疏言與虜市宜裁虜請毋歲歲益虜犒亡已時 上嘉納焉已按晉又按齊魯皆會大比士所得雋居多晉賈人子行三千金介先生族子賂先生求舉先生白之朝論如法而監大夫督過某州守也先生曰是守戇亡有佗幸毋按監大夫徵得守賢狀謝先生曰微公吾幾失此守往御史按部部監大

夫率先進習吏覗御史獨先生筴事井井每函書諳監大夫發函大辟易以為老吏愧不如也時政尚覈急御史報决囚不中呈則駁之先生曰吾寧譴不能多殺人卒亦亡譴先生者每行論爰書積如山手自撿丙夜不寐至傴僂嘔血云已擢大理丞故事對簿第濡筆待署無敢閣廷尉一語先生曰苟如此安用丞為徐出片言詰囚囚立服廷尉大驚重先生先生既列于九卿而許公亦入政府則館甥先生李子采而引繩批根先生名無脛而走天下矣會病病且

平竹言見黃楮署我名帝召我邪行矣遂卒年五十
二配吳孺人子四懋機校采皆好學有父風先生二
爲令三爲直指使者一爲大理丞所推轂士半天下
也賓曰余往爲黃先生部吏盡國士遇我也黃先生
貌悛悛如婦人好女然卒之日天下識不識皆嘆息
其部內人不難百舍重趼哭先生倘所謂桃李不言
下自成蹊者邪人之有技若己有之故人人忘其身
也往東郡一屬令以戇失中丞指且按之先生力爲
滌乎中丞所得白令今爲御史有聲此與按晉時范

一州守事相類大都憐才如此矣

閻兩生傳

余有友閻兩生云漳浦劉國徵溫陵莊中益兩生仝鄉書福建歲丙子而國徵第一已國徵仝余舉進士越三年中益舉進士閻故多才人人守師說蕪厲縣官而兩生亦好古嫺古文詞自東京而下不置吻其淺心斲一一當作者蓋勃勃神王云然今已矣國徵不為詩顧其文深為微其緒管必閉門下楗而思至了於然長戈而後其搦其色如工如獅散酪不則兀

凡如故中涵居恒以為國徵枯而神短故其文肆而宏其精出閎微下然其比物醜類澎拜如峽倒瀉有足雄者而中涵善為詩詩負俊國徵既第遊京師而曾魏郡魏懋權晉陵顧叔時雲夢鄒孚如與不佞于庭各以其穀氣求國徵相得驩甚國徵語創獲而徵二三子頷之不嫌也當是時江陵橫嬗政而操切天下學士大夫諸大臣重足立廼國徵與懋權上書風所嚴事執政以為宜有所矯正不宜媕婀江陵如是而執政亦心韙國徵懋權言余為濮州之歲國徵憂

去道清源與余一聞問其後闕焉中益第進士之明年有言國徵舟自清源北上者余使使偵之已得其兄民部君書曰足下尚欲求國徵乎則國徵之亡久矣國徵故癯羸耽書嘔血會其妻林病阽危國徵憂勞疾作遂卒林夫人後二十日亦卒卒之日家無寸縑其外伯父宗伯林公賻國徵乃克襄事三孫煢煢鞠于民部君云國徵既歿後二年而余入為民部郎見中益詩若文于同舍生鄭思成所心異之中益謬重余亦深自希納而余復倒篋示中益相與商榷今古

惕挖風驗巳語合輒相顧拍手大笑恨相知晩也中丞守民部尚書以為能則令主閱諸曹章奏事巳尚書所為濡毫及諸曹草章奏不當旨率屬莊主事莊主事條上則未嘗不稱善曽肯而中丞兄伯子在翰林時時以中丞文示諸翰林諸翰林則又曽肯稱善于是中丞益高有名亡何病在告有閒強起作家書病遂劇遂死又亡何會其所傚居廬火及中丞襯幾燼家人舁而出之僅得免悲夫國徵紼約體如不勝衣其與人交亡町畦亡賢不肖率樂就國徵如飲醍

酬滲醉而去中益慰岸兩眉翹立人望之輒孫辟而中益亦負俠使氣所不可意則睨視之然兩生生平不侵為然諸其砥行斤斤引于繩墨不敢為哫訾慄斯態自藏國徽外孫乃肉勁泯中益非汶汶泌泌習為纖指也至其所自奮作雖稍殊以彼其才充而大之並道而馳合曲而奏則大見孔文舉小兒楊德祖哉惜也一為郎一不沾一秩以夭而國徽三子近一其長者已舉于鄉差慰國徽泉下中益無子童童故以其櫬歸殆不瞑目矣遺行生曰才之難不

州治乃劉生以兄弟並生亦以兄弟何物七門一把七竹此嬌嬌數雋孕于一門綴所不毓即連城大都而不求方此兩姓也者造物者不亟忌之而亟收之耶余作傳者魏郡魏氏左輔王氏亦以兄弟知名乃其一亦夭死殆數乎殆數乎而或者輒訶荀之龍排之鳳茲其偶者使麟可登誕則犬羊何殊為及讀兩生所為文足銷三光鑠草木則又疑其與造物競宜收之早矣

亡弟仲子暨聘吳氏傳

初楊伯子名雲齊而其同母弟名雲高雲齊年九歲太僕卿王公鶴盛公汝謙異之曰兒柰何卑卑齊子雲氏臥于庭而盛太僕行縣過于庭家則又臥雲高名于世于世字道傳稱仲子仲子生未彌月中風死母王夫人棄之門之閫之左而太夫人盛憐之藉之麯麯然熱能蒸人而仲子蒸去風得不死越厥明王夫人命僕淡為老而苦則呱也三歲為腭吳氏女七歲喪戊于大人稱于太母夫人氏遞仲子則腰病瘡疥遍體纍纍見太夫人分仲子必死而仲子顧又得

不死家大人以是奇仲子而仲子則白而肥昂昂偉男子不似伯子癯居常伯子不好弄且體脆無氣力而仲子則蹻捷能博人譚論津津辯者太夫人時時爲伯子泣曰汝倘似汝弟余何憂而家大人亦時時呼伯子呆子不若仲子可大事里之人稔伯仲子皆年少能文章稱雙鳳而又稔仲子有奇氣料伯子不如已已歲鍾督學公繼英歲試伯子年十六爲邑學生則文章首邑學生而仲子試童生關文高也仲子又應爲邑學生而鍾少其年不可乃進伯仲子哭懇

曰若有兩兒何憂然而若少者余故不欲録之母令
驕若兒為也而若少者中相享應贏若大兒手是全
椒令洪君世武延仲子及晉生三命胡生庭桂偕其
子舜臣舜桐業為而大人先生亦遂謂伯子不仲子
如也乃仲子既業縣廨之明年忽得蠱病以死且死
呼父曰父奇兒乃兒有今日呼伯子曰阿兄我竟長
訣汝呼太夫人曰祖母老無苦慟兒又呼伯子曰我
文章無令我父見之感傷我時父督伯子則嚴也而
仲子又呼父曰我死父止一兒矣言訖遂絕于是伯

于跗而呼天哭曰傷心乎傷心乎踊蹻行不善天顧壽之乃弟則何罪矣且弟當中風病瘖時不死至今日乃死弟性悲亡論當弟及余見時或相失也家大人撻余則弟跽曰兄亡罪獨撻兒而余間痛弟即涓盈盈不已若是則弟豈宜死者哉而鍾督學公聞俾子死語人曰惜乎楊氏之祚之論也越一年而仲子所聘吳氏亦死仲子死吳忽忽不樂念在襁而妁仲子而一旦地下而背之心不忍然又不得未笄而訟言稱未亡人每就枕咽咽泣家人輒問之輒收之已

又輒以故文之父生員良桂母楊故訶之已謀再妁之輒哭不浣櫛愈益訶之使其嫁以情詞之吳曰若已故何聘為而又時時密為嫁占每靜坐則見楊二官子楊二官子者仲子也苦心疾卒仲子生嘉靖丙辰十月丁酉卒隆慶壬申正月癸巳吳氏少二歲以殤故不合葬塋各從其祖塋楊于庭曰吳之死蓋余在中都云侍子來告余則簌簌泣也王夫人病革時余命仲子婦皆來奉湯藥而夫人則手二婦泣曰余不得為汝姑矣後誰為汝姑汝善事之我死無恨時

余婦姜長觧溢而仲子婦顧[illegible]知王夫人死

十一年而仲子仲子婦覺來婚以[illegible]外一人仲子婦則又

以仲子死使衆婚而寡則所謂[illegible]髮[illegible]鼻者奚讓哉

亡兒州貢傳

蓋兒以丙子三月壬戌生而家大人喜可知也命之

曰州貢乳名金𢇁三年己卯余偕計吏明年成進士

于是大人五十老念非念兒居不安食不飽余念既

以背親而齎貧縣宦而不忍更令親所愛孫别之去

以故一年不間挐也又明年正月余坐譚客忽報余

湯遺行集 卷之[illegible]

孥来余咤文之客曰尊君今寂君故孥君邪余唉謂
客言有當也有言余兒亡下邑同年彭者彭明日過
余舍偽言有不遠之難[illegible]彭揶揄余心動故問之
彭度不可隱自曰君兒[illegible]丙子哭欲死故君大
人遣之来意得君幸實[illegible]殤乎余去里二年于
茲不知兒死長幾許膚髮饑飽狀貌曾學而大父哀訣
乎呼而父乎猶憶余上春官之年兒強二尺鮮[illegible]
雎束帛衫簪瑚沾沾自喜解學余門人[illegible]行向余揖
鮮閑少[illegible]請生容余[illegible]畫屋之間曰如畫膚理[illegible]

白可念也觧愛大父父大父醉悛悛歸兒挽衣阿公
餅乎大父故佯怒鞭郄巳郄復前引大父太父抱兒
兒輒擲大父項訴大父某某譙呵兒大父佯爲譴其
人兒則巳或佯啐余曰呼庭来余箠之兒泣曰阿父
也時時弟及兒嬉大父獨視偉兒呼兒將乃公鬚唉
之果弟女弟亦啃嚄自辟不如也窖地而爐而兒失
足仆爐糜兒面余分兒必死兒不死顧色好如故當
糜時余余妻踊而號而兒亡啼已痊問所以亡啼曰
阿父母號矣大人則居山中不見兒所苦兒心計大

父念之呼母曰母令阿公知阿公知而督過婢子不善視余作苦也兒死之前五月余遣奴歸奴而髯者老奴也紿兒曰爺之官寘汝不挈之官而兒亦紿之曰余隨阿父阿母官寘汝婦亡令侍阿母也其慧有口如是然竟卒矣始余寢諸生一夕忽大匱煬不炊余余妻對餧甚兒盤盤立余前不敢啼然余摩之心咽也胠篋錢一二市糜餅二一啖兒一余余妻分之兒喜啖既妻又啖兒以其半余讀書夜分妻擁兒侍余兒頭垂垂睡命之睡曰須阿父寢難時所為解余

余嫂聞者余兒不謂余成進士而孥來而不見兒也先是客為余言日者陳之諳于星也余過焉陳顧余大人五行始今即有兒茂食子收子也者有之其商瞿之年邪余不信已又謂兒造陳搖首曰有廢于肢則大人子也余謂方家習若是益不信余時時鏡面而墨余哂曰肉食者何墨邪以今觀之則兒矣則兒矣道行生曰大化流行詎可信乎朱膚等于蜉蝣蕙姿蠻之蟪蛄倏兮忽兮莫知其倪是以達人哲士呼造化為小兒齊彭祖于殤子蓋苦簸弄之叵測而恨

榮枯之莫幾也夫余兒州貢者詵生汝慧汝又夭汝邪抑神者主之邪兒卒以萬曆庚辰十一月戊寅年五歲即日瘞于石澇之阪越辛巳正月己丑報至余慟惋不次作亡兒州貢傳

中憲大夫兗郡守宋公傳

誰謂華高企其庶而誰謂德難厲其庶而余讀是詩有遜思焉乃今學士率嘖嘖咏故太守宋先生不置以彼其德誠傑之耶孔子曰君子疾沒世而名不稱焉大鄭公表里原氏名阡固當世得失之林也作宋

先生傳傳曰先生諱諾字子重學者稱金齋先生云父曰封公良嶹母王宜人封公父鸞鸞父雲雲父一公一公父德成始自屯留徙故城為故城宋氏宋氏世椎愿歷田間或辟為吏輒避去先生生而神奇甫髫讀書一目數行下而塾師業悛悛辟席矣嘉靖乙卯領鄉書乙丑進士高第授主事戸部歷員外郎郎中坐同舍郎詿誤謫忠州守居五日復為南京戸部員外郎遷雲南司郎中無何出知東昌郡居五月奔王宜人喪已起補鄖陽用監大夫薦調河南居四月

會封公病遽自免歸已親終遂不復仕而是時少司空周公亦以給事奪官里居與先生各砥礪行誼為河以壯兩祭酒云于是廷臣及部使者各上書言故河南守誼至高唯 陛下亟召用幸甚 詔曰其以為兗郡守而兗郡人聞先生來則相與喜曰是故東昌守宋公耶先生守兗三年一切務拊循煦休百姓而至所雖寇孽猾廩廩不少原二十七城服先生恩信無欺給者部使者上兗州治狀而給事周先生亦起家卿寺各厭海內士大夫心矣先生筮仕二十餘

年三領大郡而家河壖短垣卑宇中唐町畦如故所
得俸入悉以讓諸弟及存問故人蓋其廉而好義天
性然也萬曆乙酉冬從 覲吏入京師以面瘍卒距
其生嘉靖庚寅得年五十有六爾于是其同年友人
少師許公哀之其詞曰念欲為廉吏不見兗州公堅
受磨白受涅奉法循理而終弗家念勿為廉吏不見
兗州公磨亦不可磷涅亦不可緇揭歷顛隕而音弗
瑕其古之獧人乎先生卒之五年而周先生入為中
丞御史臺已佐司空部于是具言先生于監大夫部

使者而里又老子弟又走監大夫部使者須先生如
司空言則先生祀韓宗俎豆百世矣子諸生吉祝有
先生風楊生曰往余為東郡屬吏云故事嚴重隣守
如守以故習兗太守宋先生先生好脩人也已余又
習于少司空周先生周先生為余言先生鑿鑿行實
彼其誠信于士大夫也然余又聞先生配李宜人有
壼行斯固鷄鳴草亟哉斯固鷄鳴草亟哉

無號山人傳

楊子庭曰自世之衰而士罕完行矣有能紹明先民

之訓以鉶範于後生小子盰在睞逖余猶張之甥理
人甥我外舅氏作無號山人傳傳曰山人吴氏名良
佳字汝芳故爲諸生三十餘年非其好棄去而山人
游則稱山人山人之言曰夫别號非古也業已冠而
字之而又詡詡相呼以號其于返樸謂之何余不爲
也則又稱無號山人云山人少有至性事其父隱君
毋馮敬居唯謹父沕踰七十母九十而山人亦番番
老矣執喪毁瘠已伏臘暨生忌日輒走墓所籔籔泣
不休蓋歲初度而余先奉直歲跡之則未嘗不孺子

墓也每食左手每奠一盂必左其筋間誤右輒悲泣以為豈其不孝而忌親若是至于今以為常兄沒而兄之祭議何也山人謂手割者不能字兄之孫恐刲之乎則借以予姪炳亡所問而炳之婦之喪也山人故從形家卜壽藏炳心欲為婦得之而山人覘知之則又以予炳亡所問君子曰今人兄弟伯叔姪相洶洙也起而爭錐刀重將即攘臂相視刺刺入婣婦言日尋干戈不為止於乎睨手山人亦可以愧死也矣山人所嚴事曰從兄鉅卜公兄生曰伯父職方郎中

峯先生而所友善則魯博士汝漸吳山人江鈞彭承德王閒暨先奉直謙甫稱詩社云而奉直于山人尤為髫丱之好比其棄諸孤也墓有宿草矣而山人猶哭而可不謂厚德君子耶山人嬉嬉無厲色無疾言而至其內勁又斬斬不可犯嘗行危橋為扛木者所擠墮水知其誤竟不問生平好潔喜蒔蘭種梅菊率精好凡其几杖琴書盂罍爐瓮之屬日揾拭無一塵亦不見委頓處其性然也家故四壁立未嘗鮮干人人或餽之輒不受而比其存問故人如童師屠媼內

姑王媼共周之久未嘗以無爲解蓋布袍蔬食敝屋數椽且四十年于茲矣而竟善持不作無幾微忮求是在尼父所稱難而仲尼氏所終身誦之者則山人也矣自爲諸生至于今而邑大夫博士暨里人無不推轂高誼也所著有比寓逸史及家訓三十四條藏于家論曰昔沈約列孝義隱逸爲二傳然原平渡盜拔笄冥籬百年慟毋忍冥却被粤稱古高行之士曷嘗不兼之乎夫其泣墓則淚枯塋柏讓産則誼感堂荆泯跡小山逃名土室斯固人倫之楷模而逸民之

懿範也余故表而章之云

賈主事傳

賈主事者滁州人賈巖也自其一二同志字之曰魯瞻而縉紳間則稱岱石岱石其别號云故為主事戶部以謫死于法得稱主事主事廣武衛人而衛屯滁又繇滁諸生以第故稱滁州人父曰暴母燕氏其生也與不佞庭同甲寅又同月而後而余為諸生未知巖何如人也余既成進士為郎中而或傳詹學使試滁文于余所余愕然曰何物賈巖乃作此篇令讀而

尚蠖屈諸生間耶光祿丞魏懋忠曰此廣武衛賈茂
才也余問何繇知之魏君曰是其人文高有行誼余
郎留署則舘而賓之而其名固已不脛而走矣余既
咤生文又懋忠名流知其所許可不謬則亟賀詹學
使得人得人而學使以余言其器生益信也戊子果
舉于鄉明年上春官不第而會余憂居里書相聞然
尚不知舉人何如人也壬辰歲余守職方而生偕計
吏一相見醞藉不作諸生語叩之外孫而中勁則余
閻益心異賈生矣余分校南宮詩而賈生以易録于

仍校官所已出闈見生亟為里人得生賀而生亦慘慘嚴重余故事初第即鮮衣怒馬相高近益汰貴不貲比取償于官則往往籙尺幅而生勿為也蓋賈生之待次有司而其僕與馬不能半他進士云余典樞而會有日本及哱賊之變一意悉公家至往往與貴人忤進士為余憂之而又慘慘嚴重余始從容作諷語余解其意則又謝曰公他日茹蘗嘗有苦心耳進士嘆息而罷余既以言者謝病歸而進士被余圖門外則慰余曰公亦記茹蘗之喻乎幸有以自信毋悔

也余撤謝曰諾亡何授戶部江西司主事甫數月而尚書楊公以為能則使閱諸司章奏故事必資深而請者以屬主事亦其才識超之矣主事雖淵于錢穀乎會天下多故而禮官時時以　冊立請　上不允于是主事上書爭之其畧曰閭巷小民操千金之利而分授未明往往為外人所搆而骨肉參商者何者利之也天下大利也人情重天下之利非直千金也彼以千金生釁此以天下無爭此必不然之說也夫使本不早定而徒　三王並封則必各設官寮各有

信從已不無分門立户之嫌而況小人又從而搆之則未有不隙而爭爭而亂者輔臣以道事　君亦宜爲　陛下力爭不宜默默已也疏入不報又亡何而會天官以考功法蔽内吏稍稍忤政府政府故不悦既竣而省臺捨于庭及虞吏部淳熙不肖狀太宰孫公若功郎趙君持不可　上怒以爲黨而並趙君斥罷也朝議究之而各錯愕不敢發主事則又與郎中于君主事陳君顧君助教薛君顯考功枉以爲政府所不悅憾而指留二庶官爲黨以洩其私雖語涉太慈

而滂內國已流傳之矣　詔鐫三官為曹州判判于曹非額員則從兩臺假歸里而其時計委禽縣官才數月耳家故貧比歸貧彌甚里人揶揄咲之而判官不顧也居恆拮据奉二尊人甘毳而以其賸購古書讀之每出則布袍從一小奚不復知為故主事矣是時許敬菴先生在留中倡理學則從之言理學不佞于庭喜為詩則從之言詩冏丞于元敬善名理則又從之言名理毘陵二顧及史際明尚氣節則又從之相劘以氣節諸君子之與曾瞻遊者僉重曾瞻之品

之峻行魯瞻亦謂士先樹品而後旁及乎其他蓋士人有以因邑與馬傜里閈者而魯瞻且鴟鳶腐鼠睨之也癸巳歲不鄙而訪余龍會山中語唉竟夜我是以有賈誼有才猶未達揚雄已老又焉嘲之詩甲午歲余即家訪魯瞻見其四壁立我是以有知君無習氣羞問計然書之詩客有誚魯瞻抗疏爲沽名者愳其志弗廣也又愳其牢騷而不堪也我是以有鎩翮儘從三遷在批鱗不必萬人傳交經貧賤應相棄事到艱危且自全之詩余及魯瞻皆亡子而魯瞻尤不

孕我是以時時書相問又相寬也丙申之四月有言曾瞻病于余者余使使視之則曾瞻猶能作字荅我讀之琅琅亡何訃至余既為位而哭又復哭之于殯所問為後者其父對曰亡兒不祿次兒亦未有子也余咽不能復問遂踊而出距其生堇堇四十有三耳娶李氏貧不能棺余友于君賻之二十金而後殯即所謂元敬罔丞者也既相與收拾其遺稿而又哭之以岱石三章章五句一曰岱山之石干虹霓上有文凡而孤栖山崩鳳死猩猩啼素車已少張邵友布淚

只有黔婁妻二曰我友我友崑山玉今何速傷哉薤露年命促河若終清爾不聞天如可籲人須贖三曰我所悲兮洛陽才絳灌已嫉天仍猜鵩鳥入舍胡為災賜環賜玦為誰恨良兮良冶令人哀已過滁州徘徊魯瞻故里則又哭曰里井依然在伊人不可追季方差有弟伯道已無兒若個藏舟壑誰為掛劍枝傷心孝標論地下是交期嗚呼以魯瞻之才也而官不過主事以魯瞻之器也而壽不躋五十以魯瞻之斤斤好修也而並其後而斬之昔人謂張老

存家事稽康有故人而魯瞻無家矣又無孤可托矣即不忘魯瞻稍為紀述焉止矣然其于魯瞻何有哉

魯瞻所著凡奏疏一卷詩一卷文及書啟一卷

封奉直大夫直隸和州知州玄圃先生郭公傳

今郡吏則郭和州異等云余繇和州習守繇守習而父其為里祭酒誼至高宜有後漢二千石至徽人主增秩賜金侈矣顧不得推恩父若母乃郭守用課最封而父而又偕其儷生得之凡此皆異數而天所為訖嘏封公度有所叚假于下非倖焉而已郭氏其先

楚麻城人曰孟四者避兵入蜀籍金川之趙陽鄉焉而富順之第進士也自廉始也廉為御史十八年事文皇帝出按滇滇大璫某不法愳飲廉賂黄白金器若干卻不受璫恚愳陰瘞木人詛廉旦澆水蠱所偵得狀跡發璫奸璫大愳自殺直聲震朝廷文皇帝亟呼小郭御史與北征議諍不可已榆木川大漸悔思廉廉三子長知縣應誠次舉人惟新次貢生應儒新生貢生咢咢生貢生文魁文魁生茂才希尹希尹生良翰字懷盡是為封公自御史至封公父世貫

盛甲里閈即群從亦多題者獨封公自其舞象歲已讀書日數千言顧時時試不售則喟然嘆曰我郭氏世有聞人今湮于余乎夫業已墮地爾男子負七尺軀而亡所表見于世忝吾祖矣已又嘆曰士所爾不朽直區區達官也與哉則束書走大峨山中閉門下楗冬不爐夏不扇以其力冥搜縱觀而自適于川巖魚鳥之趣其于六經諸子二十一史與夫漢魏六朝三唐諸詩及天文地理醫卜之屬亡所不研故其詩文精深踔厲力追大雅云尤喜騷讀騷至朝發軔于

蒼梧兮夕余至于玄圃矍然曰夫玄圃在崑崙山西舊稱有芝所謂三秀草者余安得攬而飧之乎已伏自念非必崑崙閬風之巔有之即余所止峨山是矣則作歌曰峨之山何巑岏兮中有芝長琅玕兮栖與玄圃聊盤桓兮于是稱玄圃山人山人居峨十餘年而其業成而蜀人士至不敢與衡進所著有古今文獻及玄圃山人集富諸家為人謙抑夷舉倜儻循墻聞人過亟覆匿喜施予急人之難自天性云蓋晚而子繼芳以乙榜授和州州守治行于江以北第一公聞

而喜可知也曰余所不能振郭氏緒而昇之兒兒畜之哉爲　天子拊循其民以不忝先御史余願畢矣已公封官如守儀楊稱宜人而守函誥致里中并奉袍帶冠笏珠瑱翠翹之屬公既拜命而顧楊宜人曰余不自意以兒顯夫兒一釋褐驕守大州比二千石用年勞　人主至一下璽書褒而父母恩不訾又曰我郭所徼　上要安小子芳念之哉公斤斤束脩與府縣皆和州爲良守皆可述和州弟繼賢繼縉繼綬並諸生有時譽推本義方云楊宜人亦賢配

祿于庭曰今士人不[illegible][illegible]而仕其子為國珍往往食
其報語曰醴泉無源芝草無根其不然乎不然乎以
一布衣所稱說可着廊廟學者至嚴事稱玄圃先生
已得其[illegible][illegible]頃嘗所謂人貌榮名者哉非甚盛德惡
能施于後況乎然世傳大峨山所孕扶輿氣最清淑
余未能至固宜有公父子矣

楊道行集卷之二十七

目錄

誄詞　哀辭

李伯承先生誄詞

[illegible]公哀辭

張[illegible][illegible]孺人[illegible]詞有序

楊道行集卷之二十七

全椒楊于庭著

誄詞

李伯承先生誄詞有序

庭爲童子時即知山以東有李伯承先生者私心亟願識之已庭爲其郡守則先生免官且二十年而年亦踰七十老矣余既喜其郡民淳而訟簡而又幸其得與先生游乃先生談詩氣勃勃不能爲人下既與語合復抵掌大笑恨得不佞晚不佞入爲司農郎攺

駕部扶服歸里中與先生闊不聞問已壯上過濮陽則先生八十餘兩目盲然其談詩勃勃如故余免職方郎之明年有自其郡來者具言先生目益盲顧膚理澤好又强食余心喜亡何而先生之訃至矣嗚呼哀哉先生自　世廟間詩名與其里人李于鱗埒稱二李余嘗以爲　明詩至弇州于鱗而雄然伯承于近體爲鴈行云而世或軋伯承此亡異故伯承令袁州袁州相重其詩引爲尚璽其不厭諸君子以是雖然宸濠不以詩重獻吉乎不幸而爲袁州所引重與

往来至終身不得瀰洗亦足悲矣而余又嘆夫袁州
之猶能憐才如此也今亡矣夫誄曰
帝丘之墟夜光騰驤篤生喆人諳此玄諦爰傚厥辭
揆及根柢周雅鞍盤詰曲嬛媚泱泱大風追拾其細
方軌歷下雲際並突孌踊蚤歸性不狎世晚得禰生
忘年託契所不介意相許以膽猶有鬼神不敢失墜
嗚呼哀哉泝帷平生轢轢[illegible]飆涌霞變鵬摶虎視
行已佻宕不衷不惠割鷄牛刀瀹水初筮魚懸在堂
美錦學製[illegible][illegible][illegible][illegible][illegible]鳩連袂結交雋徒闊步高覗

揚扢太始排佚冥訃邃越風騷穿及吾世點籍無前
不顧狂猘豕相噬棟燮爾腹蠢晉郎尚璽掌　帝之
制游晁柄用明星有蹦柳州之遷得罪以例公貳宣
州百六之際旒桂呶呶顯若秋蔕誰訟無辜遭此晻
齎印鄉九折尚羊蚕稅儻嚇不殊芒以廉劌調咲山
川垂二十歲分虎年少左右未議御車結襪接勝交
脊仰止只尺泰山若礪標之肆崒順睬八裔余去而
溪閒間溶潔鄙人過存盲不忌視壯心激烈惡彼澆
旭凡樹及耄千將猶銳[illegible]共在頤尔是繫惟[illegible]俾

冀玄扃竟閉訃來自東悸而出涕梁木其萎白日幽瘞嗚呼哀哉天喪斯文纏此妖沴奔州摧玉元美楚曉刈蕙明卿公亦不辰遭與遘會家政閒如前武誰儷瑩擣不任一朝如薤死淚在睫欒郤皂隸鬼闕之室高明自斃不幸而材徃徃踐斃薰煎明銷神物是忌獨此芳潤漱自六藝為日為星熻煜照地我儕小人于道脊蚋高軒可即北面嚴事咤此無祿千里絜漬有醜代與金薤自筍死者復生生者不愧一時之坳百世之貴嗚呼哀哉

郡守謝公哀辭 有序

温陵之謝為著姓今余進士者謝氏兄弟二人其非余榜而又非兄弟行者余不記今年春吾滁守得謝公余從山中見除目知其為温陵人則心揣其為二謝之族頃素知其即叔父行也比視事余以杜門謝不敢匍匐謁而公行縣輒枉車騎而訪余廬已知其為二謝叔父余心喜而又對公肩牟温温休休如春風霽月可愛余益為郡人喜得公也余于郡邑吏不相聞而有自其郡来者必告以政則人人言公一久

而折數十訟無畱滯者又其取于民也若澆而其涸沫民也若寘之懷庶幾哉畏壘庚桑而他日尸而祝之社而稷之矣會憲臺行部公如檄走歷陽過檄余惟其行不類問知患痢然不謂遽喪公也居亡何自歷陽返則已惛惛逼大漸舁而致之輿中南及滁而卒嗚呼哀哉滁人啟心從公闕舁輿還輟錯愕比訃則擣心頓足呼天大號一城盡哭已走公殯所以頭搶地闌入不可禁止如是者三日嗚呼公之為滁可知矣余既述余所以哀公之意而又重為之辭公之

皃持歸温陵并示余仝年謝君以為何如也辭曰
彼之墮淚于峴山之石繫思于甘棠之陰必其世久
而論定亦其入人之澤深未有數月而身殤乃使其
郡人歔欷而不禁非夫子之豈弟余誠不知其何心
盖聞其庭無析楊之訟又聞其槖無腰贖之金則信
乎古之遺愛而民方幸夫召父杜母之我臨忍見其
一朝而歸櫬而男號女啼而不任嗚呼死生浮泡脩
名可欽彼身死而民不思孰與夫夫子之巷哭而罷
兮余不知夫無從之涕亦聊寄夫區區之些音

張母魯孺人誄詞 有序

魯孺人者處士東圃張翁配而諸生燔煥炬母也以萬曆二十五年十一月十三日庚子卒享年六十有九嗚呼哀哉惟靈婉嫕待字則採桑見宿瘤之奇窈窕從夫則舉案著孟光之譽覿賈大夫之射始咲而言餉郤成子之耕如賓以待誼侔占鳳慶叶夢熊悼琴瑟之蚤懸自廿脫珥喜芝蘭之繼茁孳數和丸肆三雛丹穴以朝陽繇老蚌明珠之應月覿夫噬指以悟子則蔡順之孝著漢書截髮以待賓則陶侃之名

成晉代所謂非此母不生此子者于孺人見之矣庭
不肖少與孺游妹又適炬范式之交張邵則升堂之
拜屬在通家王珪之友玄齡則剪髻之供窺其必責
于其奄棄不任涕洟倘可闡彤管之遺尚安辭筆札
之役而况乎諸姻兄弟授簡于余情有所聯誼不容
默焉乎謝太傅之問張憑也誄母不誄父何居曰丈
夫之德表于事行婦人之美非誄不顯庭是以式遵
先民用表女士云誄曰
大家名門坤貞夙稟相攸隱君抗志箕頴不辭鹿車

雞鳴而儆至于素封鼎鼎井井厥膏而施樹之永永
以亢其宗三鳳則挺挺挺者鳳九苞陸離愛而能勞
敎之誨之少自塾歸闈與游誰既得其人供具不疑
逮于翩翩為時羽儀本本原原維母之貽昔有萊妻
投畚偕逝亦越孟母三徙彌礪婦共母令並施來世
母之無之何德之儷鄭鄉雖蕪秦臺尚築未捧毛檄
蚤懷陸橘以羞其甘以介百福間寢雞鳴跽進饘粥
含飴弄孫以勤以鞠如川方來于何不祿不吊昊天
喪我女師凱風徒歌薤露共悲懸紙在門題湊儼而

不見音容擗踊漣洏嗚呼哀哉萱以秋零月盡則晦
春秋既高數極而背兹理之常死亦不穢獨此皇皇
慕而如在嗚呼哀哉辱在世誼松栢蔦蘿顧瞻珩墳
如山如河泠泠者風蕭蕭者柯蕙帷閴其傷如之何
嵬兮妥斯魂兮湫湫徂駕莫追来芳可表渥洼之駒
佇為騕褭何以誄毋厥徿矯矯又何誄毋榮名為寶
我抒我謳懸之丹旐嗚呼哀哉

楊道行集卷之二十八

目録

銘　贊　碑　募緣疏

楊道行集卷之二十八

全椒楊于庭著

銘　贊　碑　募緣疏

樹德堂銘

十年之計莫如樹木百年之計莫如樹穀其穀伊何茹毓履淑不菑而種不耨而穫含之方寸積之萬斛已過勿諱人短勿暴恩毋務忘怨毋務蓄惡務芟薙垢務膏沐寧拙毋儇寧寬毋蹙寧巽毋伉寧韜毋鬻毋飾昭昭毋窳于獨闇然尚絅不求其福是曰先民

企此華躅

袁翁贊

孰謂公仕公仕遽退孰謂公老老益寅畏人腴鷄肋公獨無味癖此丘壑離彼綱罻寧朴毋華寧呐毋沸湑湑心田百世永溉故為吏則畏壘至今居鄉則嵩索行吟世能肖公癯然居士之貌而不能肖公悠然古人之心是則庶幾于里祭酒而瞽宗之所欽徽夫于之遺像誰為使余贊仰而不任

邑侯樊公生祠碑

始樊公之以御史令吾邑也而邑之人相與駭曰是嘗冠惠文冠者乃亦習為令乎不佞于庭曰夫天下有必良者其禀也不必其習也公理信州良矣又枉下史而良矣奚其令已令之期月而政矚逾年而政成而邑之人又相與驩曰公寔甦我得無徵我公去乎不佞于庭曰未也惠徼福于主爵氏而得公其需之也既留公之三年而邑沾沾公洵沫矣士歌于黌旴舞于野而治行于江以北稱第一矣會有河警而淮安之治河郡丞缺當事者亟欲藉公則合疏以請

吏部覆如疏　上曰俞而邑之人又相與感曰始虞公弗習也而公習既虞公弗留也而公留乃今失公矣其小人耻失其怙而取諸懐而不難百舍重趼以乞公也曰莫非王祇若之何其聽有力人奪之去也其君子曰縣官庸公公豈其以天下蒼生之一身而畀膠一彈丸邑小人曰為之柰何君子曰召之甘于棠也祇為之即其樹而歌曰勿剪勿伐吾所以志也夫志戀者祠公焉可也則相與卜學宮之左而剏焉費不帑費而其輸之也如水之涸諸壑也工不費力而

其役之也如市之趨日中也公曰毋吾不忍以不佞故重勤邑父兄子弟而父兄子弟争不愛其力以祖豆公不可禁止也祠成肖公貌公故不肯而邑則陰貌之既貌而過其宇下者咨咨依依曰此我公也或問父兄子弟何以若是戀也則對曰守若令政纏纏然其指歸不越養士便民兩者已公之來也懇釁左隅之伏也而為之峰既峰矣又懇多士之嬉也而為之會既會矣又懇傅士弟子之樂群亡所也而為之飭若學宫可謂不養士乎士而髦亟進之士而窶亟

賙之士而紳紳而靡靡而有海內名亟造其廬而禮之其歿而祀于鄉亟復其子孫而善視之或即其墓而表章之微而湮亟輯其遺帙而流布之不可謂不養士也自公之無使丁浮于田也而貧者始不為富役矣自公之無使田漏其籍也而奸者始不為法骫矣自公之省漏庖之費罷一切之遣也而鄙始得以息肩村始閒其吠犬矣民不爾便乎鹽壅而貴則疏之倉叢而究則釐之鄉約虛而具文館舍頹而壅立則飭之泣隅之氓則撫之暴齒之樫則変之孝子節

嫣之關而不違則旌之民不益稱便乎即舞文有所必譴越訴宥所必懲萑苻有所必捕大猾有所必殺而要之乎亡非便民也者茲公之所以有大造于椒而椒人之戀戀于公而不置也錫于庭曰余讀史所紀全椒長漢則劉公子平晉則孔奕奕有惠政然不得祠饗宗如公子史稱謂有餉奕酒兩甕者奕逆詰之曰奈何其一履也近察察矣乃夫減年從役增貲就賦此豈可以聲音咲貌得之耶藉令公子而在余雖為執鞭所忻慕焉而忍當吾世而失循吏如樊公

也夫樊公一令耳其量移一郡丞且旦夕去而能使
其士若氓尸而祝之而不置孔子曰斯民也三代之
所以直道而行也此亦足以觀矣公名玉衡湖廣黃
岡人癸未進士舊為屯田御史祠始于䟽請量移之
月竣于瓜代之月與有勞者諸生仁懌有嶧從儉儒
士宣韶大學生正蒙云不佞既述其事復系之詩曰
漢有良吏歌樊惠渠公覺詢詢而衆不如衆競桁楊
使君曰毋以洵以沫以襁以餔始公之來吒駭曰吁
豈其豸冠而譜纖趨公至其疆容容于于櫛比其俗

寇之禦之毋爲竭澤毋爲漏卮遒商惠工掩骼賙餓
而勅爬搔瘝瘝者脊而時勸相家畜户畬而課衿徒
絃誦詩書巖巖犖峰鼇鼉鬱居有赫先正墓則碑之
既坳而湮嘘之吹之有灰不然干道斑竊莫逆而咲
十襲其辭尼厥生民咸有秉彝撫后虐仇胡仇胡私
而倪而耆而鮐而發而各鼓腹含哺而嬉其嬉伊何
我君我慈君匪無神誰寘之禱公身縣官去我而悲
畏壘庚桑以紓我思學宫之東有巍者祠中貌我公
儼如嚅唲伏腊報成湛酤甞腈是爲舊游公来幾時

帝簡在即枌榆保釐我毋公攀公毋我欺公如不来貌兹祀兹子子孫孫是憑是依于萬斯年勿替饗之以為不信徵我燕碑

樊令生祠募緣疏

此樊令公生祠募簿也生祠何邑人德公而相與尸而祝之社而稷之者也任而祠之何度其去而不勝思故及其未去而貌之志戀也卜地學宫之左何便祀事也庶民子来而曰募簿何簿應募也謁余疏而綱紀之者何諸生仁憚有嶧從傯也與有勞者何儒

士宜韶及太學生正蒙也于庭曰自公之以御史令吾邑也謫從天上藐然姑射之姿譽在人間卓爾畏壘之頌飲貪泉而自若清畏人知嘉肺石以無冤政圖民便一城如斗咸仰沫于袵席之間萬口為碑已書名于御屏之上彼增貲以就賦役劉平漢代之良若餉薨而審重輕孔奐晉令之選越千載而得循吏幸專城之有使君任棠之兒抱當門謬陳薤本宼令之兄事若邑誤及揚鱎澤流樊惠之渠馴及中年之雉徽文翁之蜀郡衿紳之絃誦何繇較朱邑之桐鄉

道路之謳歌不啻象衣冠于學宮之左萬姓同懽列俎豆于賢人之間千秋如在嘉與創始庶幾樂成是繇邑人好德之心毋徇使君諭止之旨此時魏郡須共成狄相之祠他日荆州便可作峴山之石

烏衣新創金容殿碑

鄭僑氏有言天道遠人道邇而世之人闇于大較則往往語人道而迂之獨恐怵于鬼神不可知之說而慢然内省其邪心則其旨雖不馴而聖人所繇神道以設教何可廢也烏衣之金容殿是已烏衣于滁為

戶鎮而其俗嫺于禮讓而相飲以醇枕山帶河南北
孔道先是侍郎周公過烏衣而烏衣諸生聞公善形
家言則走謁公以請公謂是山向丑未龍自癸來于
木星則白虎宜昂而水口宜塞塞莫如廟宜鐘鼓會
歲大疫各心恐而諸生暨諸長老議建瘟司殿于東
一以禳灾荅天譴而一以塞流承氣如侍郎言于是
富者捐貲貧者應募凡得數百金卜大澗之西濟湖
橋右為監生守成地而半其值為廟址松山拱前河
流遶後即侍郎所指水口也工始于戊子八月落成

于冬不數月而廟貌巍然為一方福地矣州太守丁公有事于烏衣則又顏其額曰金容寶殿云址可六畝許前七楹殿三楹中肖大帝和瘟勸善三像旁為六功曹其東隅肖火德像非其倫第暫處以俟別搆者後廳并左右翼凡九楹為善信酧献壇所及住持祖洪居住前列鑪瓶鍾鼓外豎碑亭紙爐衛以磚垣垣外植松杞而神誕以五月五日每歲以其日為會會則遠近畢至携幼扶老囊鏹負粟灌輸恐後牲肥酒洌拈香焚楮羅拜無數神具醉飽焄蒿悽愴如或

見之金支翠旗閃爍出入創廟之歲厲疫頓息訖乃益虔伏臘奔奏迄于五年鎮無横夭歲則大熟士夫讙農謳于野耋倪鼓腹唯神之休于是監生守成介余舅洙以文請且曰石龕之久矣而待先生一言垂余惟神聰明正直人不敢干以私而爾烏衣則既廟而貌之而歲時匪懈矣藉令一切聽于神而舍人道不務而徼福于田也可乎孔子言敬鬼神而先之以務民之義則繇神道以精脩其所為人道者是在烏衣矣侍郎歷城人名繼太守順德人名士奇守成

夏氏余舅田氏其與有勞者法得列之碑陰云余既次第其事而又為迎送神之曲令其誠歌之其辭曰山有木兮水有魚徽廟貌兮神嘯依松山兮崟巇河流兮漸漸羌不来兮佇余思桂宮兮玫垣薜荔兮繚之神之来兮導兩螭皷闐闐兮我誠紛以馳奠湛酤兮膋脂豆有踐兮羜又肥飾倩覿兮舞衣風謖謖兮靈旗月娟娟兮暮歸暮歸兮委蛇千秋萬歲兮神我鼉為我奠一方兮永綏驅厲鬼兮毋留茲黍宜燥高兮稌宜濕旱時雨暘兮毋我欺我誠克羨兮如梁如

以報事毋斁兮神鑒之

六安州重脩皋陶祠碑

益皋陶並與禹稷契佐舜為五臣有大功德其後禹有天下稷契益之後亦有天下益為秦秦以暴促非天之報益淺也獨皋陶不聞其後有為天子者封于六及蓼入春秋為楚所滅秦穆公傷之以為德之不建民之無援皋陶庭堅之不祀忽諸若之何天之獨嗇于皋陶不食其報也或者求其說而不得以為刑者天所諱雖明允不得與禹稷契較功若然仲尼不

有天下是又何說耶或曰理為李李耳皋陶後而其後為唐是亦未嘗不有天下而天之報皋陶畧與禹稷契等揔之強為之辭要不離古文者近是今六安州蓋有皋陶冢又有祠云祠非一代其脩而葺之者亦非一人至明萬曆丁酉而圯甚先是大丘李君為廬州理理職刑獄而君務在平反如皋陶所謂與其殺不辜寧失不經者每行部過六謁皋陶祠輒為之徘徊不忍去亡何六守缺君攝守既拊循其民而平其政已有事于其祠則下令曰祠故湫隘不足以妥

靈構廢而又圮桷榱折丹堊剝陊溜拔級夷羊豕闖
入門讙帝霄□亡慮麻余户其土而忍不圖以勤後
之人非余咎乃捐俸若干緡鳩若工庀若材拓若址
不病者幣及昕而就始事以其月日訖以其月日凡
為堂三楹寢稱是翼以泡湢繪若翬飛而祠始救枚
翼翼矣是歲州則大熟民不横夭僉曰神庥又僉曰
唯使君力乃相與礱石請全椒楊子文楊子曰今海
内諸李其譜皆出伯陽氏伯陽氏出臯陶以今觀李
君豈臯陶苗裔耶不然胡斷獄一稟于臯陶而臯陶

祠必待李君而後枚枚翼翼也李君名晳己丑進士

其治行于江以北為第一云辭曰

徽邁種德咎為士師六蓼忽諸冢茲廟茲益以秦促

其鬼餒而孰與李官蔓蔓其支其支雖蔓廟貌則庳

彼官睎鄙誰何而嘻矧其養薦以克祠賁伯陽之孫

金斗之理溢事茲邦追跡本始亙服三就象于汝士

既象其釧又儼其止其止伊何新祠翼只天柱之山

巖巖之里不募而趨不督而從而神之來其遊爾壖

[illegible]以連燎金支翠旗坎坎者鼓皇皇者尸有[illegible]

有巨者頟既飽既醉我毅我危盛唐之里天柱之山
伏臘虔祈寧比千頑萬歲千秋我昨孔安使[illegible]之庶
[illegible]不刊

楊道行集卷之二十九

目錄

說

楊道行集卷之二十九

全椒楊于庭著

說

禽說有序

楊子曰余惡夫負勢橫噬虛名市恩及妬人之長必欲擠之而後快爲者著二禽說

鷹

鷹善擊鳩畏之然而鷹化爲鳩也鷹有搏鳩者鳩窘呼曰吾故鷹也鷹曰吾知汝鳩爲耳矣惡知鷹鳩復

呼曰爾他日不爲鳩耶鷹曰當其爲鷹則無弗擊也遂攫鳩而食之既飽矣更遇一鳩弗能擊也則讓爲好語曰汝故鷹也以故弗擊汝鳩信之以爲鷹愛我而勿擊也則深德鷹而鷹亦自以爲德爲而去

鸛

鸛羽白鸛亦羽白然而鸛之貴弗鸛若也鸛雖鳴乃其聲戛戛如叩土鼓弗若鶴之清亮聞于天也鶴有隱癖而獨宿于梁者羣鸛以爲僻也就抑之鶴驚而啄其頂而鞭圍駭其與己異矣須臾鸛鳴喈喈邕邕

鷄弗能効也則翻與抵𢭃鷄拔其鬣而去嗚呼巳不能鳴而又惡夫能鳴者豈鷄也耶

惡蝎說

淮以南故無蝎余北游始識之則未嘗不駭其狀之能螫人也余守濮州之明年暑夜露卧有物蠕蠕行榻間疑其爲蝎舉所着芒鞋撲之斃巳童子持燭至則沙鷄也余憫而作莎鷄行二章其後余爲車駕郎京師盛暑之夕燭滅裸寢壁間作盤跚聲余創于莎鷄不以爲意須臾沿床而上螫余股余爲之作呻者

久之已痛愈余為之說曰夫不蝎而以為蝎則殺及孩鷄為蝎代蟞是謂濫刑蝎而不以為蝎則既不能殺反受螫為是謂失刑二者無一可矣何居曰其成心乎夫心猶水也止則澄澄則照當其弗蝎吾無心苛為及其為蝎吾無心縱紛唯夫成心横于胷中于是有無故而疑人以不韙之名如伯奇之掇蜂中生之致非是也則吾之誤撲孩鷄之類也于是有當斷不斷反受其亂如漢之陳蕃竇武唐之甘露是也則吾之悔不撲蝎之類也或問于余曰然則士君子之

身行已亦有蝎乎余應之曰有有已蝎有人蝎傳有之勿謂何傷其禍將長勿謂何害其禍將大敵有陰賊着于一念而潛滋暗長至于弑父與君而不顧者商書曰惡之易也如火之燎于原不可嚮邇其猶可撲滅茲其為蝎自内訌也亦有一念不慎比之匪人逮其後畔之則樹怨不畔則淪胥而喪其生乎如詩所為咏砥蚩者傳曰與不善人居如入鮑魚之肆久而不聞其臭茲其為蝎自外螫也雖然有内訌之蝎而後有外螫之蝎不曰木蠹而虫生之肉敗而蛆

生之乎歆擇交請自治已始或曰敢問國家亦有蝎
與曰有昔者堯舜以有苗共工驩兜鯀為蝎周公以
武庚祿父為蝎然皆撲之于徼際之于叠以故不能
凶于而國家至如晉之六卿魯之三桓齊之諸田彼
其爪距牙喙皆足以螫人主而盜國家而其主反泄
泄為以為幹國之良臣而不寤其究至于分晉專
魯代齊國受其螫而後國之綱已隳矣周任有言曰
為國家者見惡如農夫之務去草焉芟夷蘊崇之絕
其本根勿使能殖嗚呼引而伸之觸類而長之其于

去聲庶幾乎

楊道行集卷之三十

目錄

祭文

毛母太夫人祭文

祭蕭兑嵎先生文

祭謝虬峯先生文

餘干墓祭舒先生文

晉茂才祭文

穌叅軍母夫人祭文

祭大僉憲楊介庵文

李大司寇夫人祭文

張崌崍大司馬祭文

楊道行集卷之三十

全椒楊于庭著

祭文

祭魏懋權文

嗚呼懋權傷心乎天哉天果無意乎何物黎陽一坯生懋權作此光怪天果有意乎胡旋畀之而旋收之如失隋珠求不越夜也嗟懋權懋權以彼之才拓而大之粉黼廊廟揚扢風雅前無古人後無來者乃今已矣此其故天道尚可致詰耶而余又尚忍言之邪

始仝懋權舉進士維時聲氣之交則國徵劉子叔時顧子孚如鄒子幼鍾吳子而豎不佞道行楊子國徵死懋權以書抵余各嗚咽不出曉復得懋權耗令人短氣何減國徵也悲夫悲夫不一年而折二子則我兄弟尚復何心而譚千古之業邪文章九命自古而然故遠則子安長吉近則信陽廣陵懋才者輒酸鼻爲然猶與世足寬解不謂于吾國徵懋權親再遘之且也彼四子所著作度其器已竟即夭折庶幾此償彼至如兩生者奇氣勃勃何所不極然纔發軔爾名

山之藏京師之副無一償者乃遂奪去昕彼四子數爲尤奇而余談不爲兩生吽號涕洟得邪抑名身之餘也千秋萬歲其身之不卹而爲取餘故孔子之聖也而死顏回原憲之賢也而亦死若是取不朽者較行者死等耳藉令畢懋權力博名高然甯有不敝者乎嗟懋權嗟懋權子之兄弟並爲聞人足奉子父母于又有子若是則子亦差瞑目獨余以同聲之故哭子子有知其爲我告國徵知吾黨之慟尤劇也

祭余相公文

名世如雲從龍以時生爲降岳死爲騎箕自古如茲
令也何疑四明之山蟄龍飛爲篤生偉人鵬騰鳳騫
學闕無始德契上玄爛爲相業日月行天天下文明
見龍在田所不承者豈非數然嗚呼哀哉疇昔之夜
三台中圻古而無死誰爲金石前有夔龍後有旦奭
及其同盡萬古寵變所不朽者具存方策我哭我私
淚也如嗌乃師則何憾矣世或況抑下位官不稱德
而師則爲國鼎鼐品秩彌極世或負乘大僚德不配
位而師則斧藻上治功在石室世或寡諧蒙詬沒齒

靡白而師則兒童走卒口碑嘖嘖世或委虵其道與
時莫適而師則周旋首獮屹不辟易世或椎魯少文
大音蕭瑟而師則星羅海蓄九丘八索世或　皇眷
不卒禮數寢格而師則輟　朝賜謚中使絡繹世或
前巍闇耀後武或軋而師則子如玉踰孫如蘭茁鳴
呼我師發滿譙埒生也何憾死也何礙庭等亡似少
而斃鼞吻錄門墻貢之　帝闕眊隤師訃腸蝕肝裂
亂曰萎者天邪槃槃者相公阡邪亡不亡者名猶荃
邪

祭周文襄公文

嗚呼橫海之鯨垂天之翼雲雨則六合待液羽儀則九衢頊挹乃一旦澤涸翮鎩與凡介衆鱗同盡共敝茲其爲慟有不心酸而胃蝕者耶嗟先生嗟先生深沉之慮磊磈之姿勿纖以窾勿憍以虛勵勤繆撝居之晏如先生之懿僚直石渠燃藜天祿閱藏共峽石室金匱小者星羅大者海蓄先生之學何吐非經何作非程簇如文綺爛如春英亢如玉潤聲如金鏗先生之文初入中秘踐更六僚冠冕九列表儀三朝皇

榮甯洊台司不逢先生之遺推轂叶恭功不必己出
于夔龍先民是軌陋彼小夫悻悻自理先生之量進
無干澤退樂豁名淋漓腷臆若涴此生束脩斤斤侯
河之淸先生之貞譽不[illegible][illegible]戢不加圯寘寘砥躬昭
昭鑒止湜彼白玉濯之而已先生之大南宮論雋成
均敵逖新纘肇彥籍之令聞[illegible][illegible]不言下自成蹊先
生之澤不長發其祥厥胤孔揚長公玉堂次公芷芳諸
季少俊鳳毛焜煌先生之祉[illegible][illegible]先生生為降嶽沒
為騎箕取精用物山川在茲如彼千將化不逾時從

古則然今也何疑所潸然者我〻我私憶在疇曩佷偕計吏辱收藥籠比之國器緣是委心壯面嚴事大恩靡酧白日照地恐見紈綺繼門永閟一官羈靮歸襯莫隨升堂摳衣生氣儼而用旃素幔音容何之低空斷雲悠悠我思

祭黃大理文

嗚呼謂天無知乎匹夫匹婦鬱爲而不得其平則仰天呼號要之響應謂天有知乎胡奈我先生若是耶此嗚呼先生器足以發三事而官不過五品竟止以

學者先生而壽不滿六十其又可知邪將謂天道忌滿
予之齒者去其角予則世亦有滿者矣將謂珠失光
明水不越宿繭織千將化不逾旬宜天之奪先生之
早也則世亦有不蚤奪者矣是又安可知邪方其成
進士十三今名邑所至遺愛比于召氏崇云天下稱先
生為循吏迨其參微甚彼矜繩其議論務存大體不
沾沾傳名高二為直指使者要在鄭重老成令諸有
司慎撫百姓天下稱先生為名御史之兩者皆有隱
德足享壽考焉　天子大官今年春先生擢棘寺不

半天下而相國實經紀先生之喪其諸子皆少俗世先生家學眡青雲何有又安藉一不肖不肖所以嗚咽祗以哭我私不忍負先生地下也

祭高宜人文

鳳凰于飛和鳴鏘鏘雉彼丹穴鵷雛孔揚夏氏有赫郡丞蔚起休哉宜人維天作比作比伊何好逑君子如圭儼璋如蘅並芷郡丞微時焚膏繼晷緝學弗就勸之緜彔追上賢書拔茅連茹夫人荊布鉛華弗御爰及令公飛鳧單父左提右挈嘖嘖卓魯　帝曰嘉

半天下而相國實經紀先生之喪其諸子皆少俗
世先生家學祗青雲何有又安藉一不肖不肖所以
嗚咽祗以哭我私不忍負先生地下也

祭高宜人文

鳳凰于飛和鳴鏘鏘雝雝彼丹穴雛孔揚奚氏有赫
郡丞蔚起休哉宜人維天作比作比伊何好逑君子
如圭如璋如蘅並芷郡丞微時焚膏繼晷緝學弗就
勸之績枲追上賢書拔茅連茹夫人剃布鉛華弗御
爰及令公飛舄單父左提右挈嘖嘖卓魯　帝曰嘉

哉擢爾大州大州露冕維公之休公入自外夫人舉案罔嬉爾官鷄鳴昧旦 帝晋爾秩郡丞大夫比二千石其行于于公也高視千金蔑如促𢥠慓斯視之泥塗底績用奏 天子曰俞朕封爾配被爾璽書翟冠霞帔瑱而流珠公所種者渥洼之駒施于諸孫挺挺於莬公時喟然青山獨酌夫人曰嘻莬裘不惡勉為吏民稟衣前都有謗納貲夫人不作余咤則故衆亦錯愕匹翼翔乖比目浪涸行道潸潸矧余涼薄人亦不有云造化小兒自非金石長年者誰莊生拊缶達

[illegible]歟夫人康哉歸彼玄室丹旐素旌寵綏永畢矣

[illegible]跌悱何憾何戚奕奕厥胤冠裳有秩余也不佞輒

[illegible]濡以作此短歌臨風淚滴

祭祝副使文

嗚呼哀哉盛則必衰生則必死故微則陵爲化爲鳥足而大則滄海變爲桑田此數之必然而無足怪者即天道亦莫之誰何而世之君子往往呼號涕淚譬夫天地爲不仁呼造化爲小兒抑又惑矣嗚呼哀哉方公成進士爲行人已擢御史已又副觀察使陝以西

乘朱輪拖金紫而公是時留賓鄭莊之驛食客孟嘗之門引繩批根附公者衆追其謝事返服杜門掃軌即羣從子弟罕見其面而一二蒼頭不戒稍稍爲怨府則公離羣索居之過也乃令家政未定遽爲長徂而向之附者畔德者讎王謝之燕別飛人家欒郤之門降爲皂隸此其故薦紳尚忍言之而公亦尚忍聽之邪儒者家謂身死而名立者爲不朽然齊景公之無稱焉而死伯夷叔齊之至今稱焉而亦死若是不朽者較朽者死等耳古人云何平不陂何聚不散則

不以叫號深淺者固達人豪士之所箕踞大笑以
歸□何有之鄉者邪余又何悲

毛母太夫人祭文

維言母者柳以丸歐以荻彼其履在房第光諸女
史則以子哉則以子哉故藍田種玉合浦誕珠之是
母是子者相成也維大夫人淑媛待字則宿齋以採
蘋見奇窈窕從夫則孟光以舉案流譽解珮而瑟琴
用諧脫珥而糟糠自茹□臉叶于占鳳而饋饁如賓
慶縣鍾于夢熊而子顯在御矣大司徒所以冠冕人

倫著龜士類司理則克恤祥刑筦樞則踐更諸勳祭藩廩廩風裁慎撫[illegible][illegible]下[illegible][illegible]人惟經國則轉輸資藉相之籌帝允乞身則[illegible][illegible]張[illegible]尚平之智[illegible]經綸峻登于八座邁種惟良而機[illegible][illegible]可少于三遷開先有自蓋自其乳哺勝衣以至膴仕則太夫人之愛而能勞炳炳可記也故方其朱綬游加則官舍有潘輿之導已及其青山獨往則里閈有萊綵之歡司徒公之[illegible][illegible]以奉太夫人者固未既哉乃壽躋耄耋[illegible][illegible][illegible][illegible]見孫曾忽揖一夕女士失其楷模縉紳為之[illegible][illegible]而

渢恭等陪司徒于仝曹稱通家之莫逆則其鶺唴于討音寧不天崩而地坼然而被溫綸于五花享其寵下九褒后昆如雲厥施有奕相提而論太夫人亦可以瞑目于窀穸矣

祭蕭兌嵎先生文

嗚乎先生議論在封疏口碑在舊游事業在廟廊而英華直書又在太史氏固非庭之所敢與知也猥念往者庭侍先生于南冏時一念可紀則鄭僑以然明賢皆片善足收則蔡邕以付[illegible]盖知巳哉盖知

已哉乃庭之領郡東方也塗鱗濡沫敢望龍門翦羽
扶搖實資羊角逮先生入為司馬洊陟崇階而不佞
守在度支猥淹廨署維時則諸公雅轂虛鼎鉉以同
升弟子樞衣講卦爻而請益柰何天降割于斯人曾
不憖遺其一老不佞以王人出使勺切式廬而先生
以令命即幽無緣負笈比者恭承 誥命更玷摳曹而
先生已不及見矣語曰士為知己者死不佞辱先生
知誼何以報先生地下而先生有子又且賢則又何
屑余報而余又何以泄吾悲耶

祭謝虬峯先生文

嗚呼曩先生督學時而庭爲諸生弱冠也然先生業已偉視余哀然舉首矣從先生起棘寺旋塌翅歸而庭往謁先生間不克晤先生于章江之別墅心固念之庭既舉進士陸沉中外寮闊爲閒閒然有自豫章來者具訊先生動定則强飯無恙哉然一壯夫也比庭以使事抵先生里欲就先生而講業爲而先生已捐館矣嗚呼雍門興哀山陽横吹人非木石誰當此悲方其南巡禹穴東按金陵諸生在門大吏避席

意所睥睨旁如無人而豈知其官不過五品壽不登六十而遽溘然蓋棺也與哉嗚呼憑几衣冠七尺安在滿門賓客一朝而稀獨不佞庭荷子期之知孫陽之聽以故輟琴不御仰天而嘶蓋所為私慟于知已者如此矣先生其知邪無知邪

餘干墓祭舒先生文

嗚呼曩先生分校南闈時不佞庭固先生所拔士也比庭成進士給事先生署中相與披瀝道故亡何先生卒京邸余在郢上為位而哭不克與于執紼之役

追余被　命西來過先生之廬而式焉而先生墓木拱矣嗚呼公明儀志子張墓侯芭負土為楊雄冢古人之厚其師如是而不佞自先生卒迄今且七年而始一展墓而安得不簌簌泣下邪雖然先生卒時所舉子甫彌月而今勝衣矣能奉雉而從其諸父矣先生亦可以瞑目矣

晉茂才祭文

嗚呼謂仁者壽謂賢者昌譚者執券覗履考祥而或剌蹶顏夭冉疾詰天不斷哀哉茫茫廿年之交維余

與子生也仝歲居也仝里余髮覆額子亦垂髫並喜
握槧發硎賓刀余餓于公子亦青衿把臂仝舍朝佔
夕吟子兄事余余亦弟畜耦俱無猜衆屬以目子不
好美余狂而挑匪跡枘鑿而心漆膠余游四方恨不
接趾函書闊悶子故之以子嬰二豎余聞而憐皇華
南下于子榻前子聞余來整冠強起促膝一咲沾沾
色喜余退語人此君何患其形雖癯其神不亂別不
一月凶問忽來子也即世寘寘夜臺于之尊人白頭
拊心子之弟兄[illegible][illegible][illegible]含[illegible]亦有兩雛呱呱童穉未諳

未嫁無父何恃子之緝學雄飛可擬詎意無命而遂止此子之温温如玉如金早世不禄天乎何心憶在疇曩余甞結友朋腓既傾金石詎久惟吾喆兄退無後言随彼不類雨覆雲翻一朝分攜九重泉路知已者誰乾坤罔互故人執紼酹此一杯呼子不應我心如摧

穌叅軍母夫人祭文

昔在穌公於鑠明德夾日而飛天門八翼其季儻蕩實傳　德王天作之對夫鴻妻光季公少時節俠好

客雜佩以贈之予莫逆德事舅姑鷄鳴而起婉娩上食請衽何趾尚書之懿範賓客中肯夫人曰嘻遵養時晦侯河之清勗哉夫子公侯子孫必復其始既剥而復王門曳裾公也鳩杖夫人㢠車有子而才少也汗血佐之熊丸讀書折節　帝念尚書墓木巳拱蔭爾叅軍爾孫骨聳叅軍驚翰立朝之端妙滐秀句清氷王盤維　帝爾嘉進爾一秩翟冠流珠爾毋是錫夫人拜手孺子勉旃所不報稱有如皇天叅軍叔與尊自東上跽上甘毳斑斕而舞夫人東歸季公休沐自

頭紅袍並此祉福忽忽二賢蘭摧玉沉畢命不祿天乎何心李公擗踊及爾偕老忍棄余愁爲如擣訃来自東發軍聞絶不及視含爲此鷄肋生寄死歸數也固然取精用物夫人則全辱在通家有涕如泚弔之生爲宜宜鑒止夫人康哉就此窀穸雖亡弗亡厥徽嗣奕

祭大金吾楊介庵文

先正明德大傅襄毅勒勳鼎彝錫及帶礪其雛皆鳳文武接趾武爲季公蟬聯鵲起少隽棘闈翹爲第一

後辟自頰燕頷誰匹　帝曰尚書有子孔武以為爪

牙為朕圻父桓桓金吾冑而服鉥入衛于　王鸞轂

噦噦如貔如貅虎賁三千維公典之其徒帖然出則

驂乘入則扈蹕垂二十年維　帝爾暱　帝曰金吾

輦轂不治以爾巡徼視遍司隸公拜稽首為　帝督

姦察其盜賊大姦如小擊辟易道路不嚴微參膚

功爰錫爾龍蟒衣丹丹帶帶鞶帨錫尚賜餐太

官既躋崇階甫踰四十高明之家鬼闞其室未及拜

命一拖新紳忽忽抱痾而不食新衣鶴館公況司

馬遷枝一摧淚也盈把公之喆嗣蘭茁其芽天崩地坼傷心惻嗟人亦有言乎歲夫角數也則然死亦不忍生為鬼其精没有榮名小雛五色吸露金莖蒲坂之原俯仰江漢縱彖行逮遼此褒誥有永永者誰謂之短有赫赫奕奕者誰謂之淺

李大司寇夫人祭文

嗚呼貴者或嗇之壽賢者或靳之耋故數有所難卜而理有所不可知即天道亦莫之誰何而余非夫人之為慟而誰為嗟乎天哉其果無意于夫人也則不

宜令之生而淑媛有壼行已又伉儷大司寇爲夫人鼎食珠冠峩峩八座貴偕若是甚也其果有意于夫人也則既洲而修矣亦既少而貴矣胡不令之白頭偕老抱子美孫而顧蚤世不禄若是遽乎譬之春華灼灼而忽妬之風雨也秋月娟娟而忽掩之雲霾也謂夫人何謂夫人何嗚呼遐舉疑之御風冥游託之奔月鳳凰之簫鸞吹烏鵲之橋路隔莊生所爲拊缶而長歎安仁所以悼亡而心惻玆造化小兒之固然而夫人又何憾于永訣嗚呼谷有蘭兮澤有芷思夫

人兮淚潸潸呼巫陽兮莫招傒素車兮萬里萬里兮誰與期風陰陰兮導兩螭醑椒漿兮桂酒奠歸來兮在茲

張崌崍大司馬祭文

蠶叢之墟劍閣峩峩挺生秀發喆人寔多於鑠銅梁龍躍虎視沉如淵停毅如嶽峙當其得意為英為雄角巾歸第口不言功數極物化星隕于野惡風走石雷霆震死嗚呼哀哉公必授邑蔚然瓊玖二盜猝来刼以匕首公嘻自如縛盜以計不震不動人偉其器

司農宗伯踐更兩曹聲飛刺天維罴之嗅公起左官

颺歷藩臬飭戎訓士所在巘嶼 帝嘉爾績洊至大

寮塡撫四鎮表儀 三朝浙兵揭竿因辱大吏文武

首鼠袖手不治 帝曰黃鉞授我張公公至其疆雍

雍容容亂民效尤喋血呈閧公授方畧以亂治亂釋

其脅從猗歟則誅噓喻定難聲色晏如於越既熾遂

剗督府花門雜商繁項以組紃 帝簡命乃為夏卿

擧手加額四寓知名公孫碩膚蒐裘自老如彼冥鴻

縈名為寶蒼生喁喁旦夕纁帛公遽騎箕落月夜白

嗚呼哀哉公之學問如珠萬斛富如武庫工如射覆公之文章揚扢風雅金石在懸山[illegible][illegible]啞公之氣概黃河華嶽鞭笞萬夫駕軼六合公之方略脫兔處女如彼迅雷不及掩耳公之功名既覆滿盛生躋峻階沒有榮贈公之燕翼克昌後昆既誕麟趾亦育蘭蓀余忝同朝猥承公後高山景行庶曰無咎忽聞訃音有淚瀾瀾奠公束芻尚其鑒止

祭許封君文

嗚呼世有亢宗肖其先緒高門占其後興闢者諸大

丘之廬過者表鄭公之門而一旦典刑淪喪火徹夜況閭左傖父猶爲痛心而況乎辱通家之世執能不歔欷而不禁嗚呼哀哉翁之大誼渾不容口獨其質行爲里祭酒心如逃虛貌如枯禪佻巧弗習睢盱弗牽高揖羲皇濯園抱甕人方城府我獨空洞力田操作遂至素封澤乎其德去乎其容居閭序吾紛筝率聽傺然而下矣不師今篤生[illegible]策名縣官導竅批郤發硎弗難　亦曰嘉哉爾共洲[illegible]封爾父五花是錫爵之恭上再命而僂翁寔蹈之亦莫敢侮即墨

之墟畏壘庚桑長我夏部其施光光　帝嘉大夫被
之璽書以副東臬維爾之都大夫既駕雪涕四顧王
事靡監不遑將父翁曰勉旃何往不可惟其努力是
共嗟我按察稽首佩此義方往涖而事厥施孔陽一
別云何詰人報訃我儕小子觽咤悶故白日慘凄浮
雲藹漾巷不爲歌杵不爲相嗚呼生有厚德兮没有
榮施庭前鬱鬱兮森玉樹枝獨憾世必蓍蔡兮天不
慭遺故余一以爲善人勸兮而一以哭吾私東生蒭
兮酹玉卮敵帝翁兮公不知

祭藴中一文

壬辰之歲月在巳柏馬爲過祭軍藴門懸紙錢兒女踊云是昨日藴疾徂兩兒匍匐啼向我大哥伏地鼓嗚嗚尒亦搗心拍棺哭經紀其事摩其孤此君平生最猱捷自言能擲五石弧十日以前尚過我大笑四座傾如無旨其一疾遂至此彼蒼高高不可呼嘉靖名臣文且武尚書藴公祭軍祖夢生入與飛上天手抉五色捫天補　世宗皇帝恩賚頻來犀服蟒衣神人里中甲第飛甍新生子墮地皆麒麟季也相國岱

髯子節俠東方執牛耳少年當戶得參軍瑩如玉盤映秋水參軍三十毛骨奇廣顙大口仍赤髭須近来工畫尤工詩淋漓素絹驚京師君爲任子余爲郡衆中謁余最推分余爲曹郎君參軍共含鷄舌天顔近去年余抱鼓盆悲君時唁余雙淚垂今年竟君君已死世上浮雲誰得知襯歸賓客縞衣送酹酒呼君盡一慟巫陽爲招君早歸倚門尊人泣猶夢誰其奠者楊于庭有耶無耶穌君靈

祭二毋舅王公文

維庚寅歲綏賓月朔舅殯在堂甥于庭氏在疚駭怛撫膺彷徨爰代謳者比于薤露我抒我章侑以奠之椒漿桂醑左豨右羊我誄舅聽豈伊異人甥舅之將於鑠王氏世載其德巍巍光光外王父母叶美舉案于飛鳳凰迺誕兩雛元方伯舅舅也季方季方仲娣寔先宜人歸于我楊繄余小子祿不逮養所苟允傷我瞻我舅如母存者庶幾[illegible]不然并[illegible]舅氏咤乎彼蒼舅少斷趾不受[illegible]豹梟神則強長從鉛槧弟子博士厥穀孔颺巳厥棄去種瓜青門祝雞尸鄉

手摩三兒小者嬉游大者玉跽伏膝上壽子姓羅拜
觀者堵墻舅甫半百亦皤五稔兩鬓未霜二豎乘之
呼將不治瀛乎哀哉古人亦有言壽匪必數延之則長
往接謦欬如故[illegible]喜廖舅或殃謂舅自愛舅曰無害
狎彼龍陽糾紛以余今在夜臺悔其可償舅之阽危
余入視疾嘆欷淚汪手揞其季目余見託余謝不忌
嗚呼哀哉死生長别能不裂腸地下有知阿母相見
語笑如常人生浮泡彭祖何壽殤子何殤舅也逾耆
已稱不夭矧其胤昌舅乎舅乎鬼兮在此蒐兮飛翔

祭外舅陳翁文

嗚呼庭之故元配誥封宜人者翁長女也宜人佐余二十許年其有助於余甚大而今已矣思余妻而不得見得見余妻之父若母可矣迺翁又舍我去余不能忘余妻其能忘翁乎猶未也余先大父暨翁父為刎頸交翁及先君又居仝巷生仝年長又仝塾甚相愛也則我揚氏陳氏之好庶幾及百年思余父而不見得見余父之執友者可矣迺翁又舍我去余不能忘余祖余父其能忘翁乎余髫而雋諸生翁喜不

自勝已成進士翁益喜不自勝故余努自家抵京師已自京抵家往返數千里寒暑不堪翁未嘗不與之俱繼翁于究人爲父子而余實惻惻念翁之跋涉爲余夫婁也余解官歸翁年未七十而言語喜怒異乎時余業心訝然不遽期翁之舍我去也嗚呼死生亦大矣隣有喪春不相朋友死墓有宿草而不哭而況庭于翁爲女夫視翁猶父翁今死使余妻而在當何如擗踊者而余忍言乎翁卞急而好潔又多拘忌如史所謂白汝門者自奉甚菲肥喜飲酒骯髒不能爲

人下乃今魑魅與隣螻蟻與友而翁竟不知矣嗚呼哀哉余先人得壽不滿六十翁今六十有五于卦為盡數又過之慰一近見父執及今游往往中道單隻而翁于飛鳳凰白頭偕老慰二抑人有言芝蘭玉樹欲其生于庭階耳翁子二伯精而勤仲儒而雋孫枝尤亭亭矣即余宜人及季女之適鄧生者並有託慰三獨余不能忘余祖余父又不能忘余妻以故酸心淋漓于翁尤劇也

祭外舅母吳孺人文

嗟孺人其有知耶無知耶始余有不腆之言爲孺人六十壽又十年而爲孺人七十壽區區之心謬謂孺人且八十九十百歲而余犬馬年尚未老猶能簪筆爲孺人咏歌福祉子孫之盛比于詩人之頌南山介萬壽也何期相距不三年孺人遽舍我去賀者吊喜者悲乎嗟孺人嗟孺人孺人歸于我舅俸嚴公而舅及余先宜人爲余出余八歲而先宜人背不勝荼矣然當是時外王父母亡恙兩舅暨舅母亡恙而母之女兄弟並亡恙摩余頂而泣余余所爲無幾見母也

後數年而喪外王父母然猶壽考足慰又數年而喪伯舅傅巖公又數年而母之女兄弟及其夫相繼喪又數年而喪季舅之配張又數年而喪季舅至是而母家無幾存者矣然猶賴有孺人伏臘拜孺人床下孺人飲食之已也，又言汝之某女弟總角汝學進某物汝母所喜某女簉閣某櫃某母手澤在其壁上某字汝兒時盡其處汝所嬉游也余泣孺人亦泣以至左右人皆泣而余以是見孺人如見先宜人云蓋孺人于先宜人之姊弟女兄弟歸然獨存如靈光也何期昊天不吊又弃孺人奪之乎嗚呼不三十年間而母家之諸尊人骨肉殆盡余即有所嚴事庶幾乎思母而不得見得見母之兄弟及配如見母者于何而彷彿焉而余即又從孺人問先宜人少時事及余兒時所為泃沫余母家者于何而知焉嗚呼亦悲矣悲之則不得不吐之言以泄其憤懣之氣而余又烏知夫孺人之有知與無知若夫孺人之子之能為子與夫孺人之可以目瞑而亡憾則余方悲不暇及也

祭賈岱石主事

嗟吾友竟止此耶始君為諸生余見君試文于庠學使所輒嘉嘆以為豹之一斑鳳之五色吾滁固有人也已會魏懋忠光祿知君從之游則又相與手君文許可不置其年君果舉于鄉壬辰余守職方君遂成進士過從余則見君恂恂如也而至其商榷時政品隲名流又嶽嶽如山不可犯余私心重服君此國士世所希遘不獨吾滁也亡何余病免而君筮仕為司農郎甫視事即首以　冊立請疏雖寢　朝議韙之又亡何余以懿業為嘶余者所共心而太宰孫公

考功趙君持不可　上怒并趙君及司寇虞君黜爲民于是廷臣咸寃之而屏息不敢先發君與郎中于君主事陳君發若贖若薛君爭之而以故洶洶挍茅散矣庭于世最不才法宜斥而今海内以余及虞君故高趙君又以趙君故高諸君嗟乎吾儕亦不幸而有是名也乃今陳君伯符死君又死數年之間知已畧盡而余忍不為君一拊心耶君家故貧仕于朝不數月死之日家無寸縑賴吾友岡丞于君之賻而後殮此自黔婁所以得謚為康余不恨余所恨者君年

四十有三上之未得致一命于其尊人而下之未有冀土之息又並女而無之以君之資之醇之節之勁使竟其年以用于世其事業必有可觀即不用而其議論文章亦必有裨益世道若今竟若此天之報善人為何如也余雖無能重君顧法為君作詩立傳詒之倘来少選當更約冏丞于君相與收拾君之遺文付之梓以傳于世此即所以報君者雖然其于君何有哉

余士廷石御史

嗟廷石天其無意于斯人乎瑯琊滁水之靈其所蜿蜒而毓結者代不數人而公褎然甲第為柱史一何烜以赫也果有意于斯人乎則既取精于山川而褎然于代不數人之數胡不令之黃耇為　天子大吏以竟其力于旂常鍾鼎之間而顧忽忽一官斃乎嗟廷石方其冠惠文之冠立文石之陛譬之鯨之縱巨壑鵬之摶順風而海內之人無不想其霖雨望其羽儀以為液八荒而睹千仞也乃一旦鱗脱翮鎩與彼涸鮒小鷦合澌並泯此其故何可知而其理尚可致

詰耶嗟廷石始余與君仝為諸生仝竄視學使者又仝舉于鄉摩肩接踵誼至厚也既成進士而余禮先一飯出入銅龍門念君陸沉外寮以不得一引手為恨余既奪官里居而君方從大簉甫 僻余心快君以為上之宣力公家而下之亦為枌榆故人劇釆也有報君訃者余唯不佇曾其堂堂之號而為營營之寃乎嗟廷石吹萬之生何者非天短者胡促脩者胡延延斯促斯是胡使然君也頭角為吹萬先既儁而才亦恢而官而之不竟同胞所嘆亦有麟趾叔子食

奕奕公侯必復其始人孰無死君死可矣

門人劉元之祭文

嗟元之嗟元之猶記潞河雪涕別汝汝固儒然壯夫也詎知生離遂成死別而與汝邈若河山耶嗟元之嗟元之毗陵故多才而汝自為駒業已汗血蓋錦裁蜀錦而璧擬于闕隱然負魁天下之望矣歲之壬辰南宮之役余分校而得汝文即首剡之兩衡文公所而兩衡文公獨不暮欲下之爭之疾愈不喜愈欲下之余懟至觸忤去而從不得已於余然其録元之際

各校官所得雋為最下而余益懟已知姓名大宗伯
爾汝不脫口余稍稍喜而兩公業知之悔下之矣比
見余晳而頎美而髭帛臧與衆別余益喜亡何掄館
余為元之實力焉而不得得泉州之理官而會余以
病免元之別余於潞河淵不闢間即以余之削為編
氓牢騷悒悒而元之亡使來即以元之之粵東分校
又貽封兩尊人而於余亡使來即以余之一再為故
人綏類及[illegible][illegible]公[illegible][illegible]之誼而元之亦亡報書來余
滿[illegible]者有成也何[illegible][illegible]元之有今日乎嗟嗟孰知有此

聞元之亡使來余當使使問元之之所欲語不至附

昔人對黄公酒壚泣下也相人者謂貌寢不祿而元

之表寢偉宜顯官評純者謂氣枯算短而元之神最

完宜受享壽今以觀一切刺鑑是尚可知乎而余何

從把司命之袂而問之乎或疑元之豪飲坐是敗則

世亦多豪飲者矣或疑元之不自愛而中於寒則世

亦有不自愛者矣元之聰明於世故亡所不了豈其

雲程發軔而遽以其不貲之身若是擲也又豈其體

幹充肥忽疾不治而或誤死於庸醫手也余已矣長

為農夫以沒世矣所望諸君上之為　國家効區區之用而下之亦割華分采共余如元之則又余之所苦心而琢視之者即使汝轗軻於長途余猶為汝搏膺而短氣而忍聞其為泉下人耶嗟元之嗟元之宇宙雖大知己幾何不唯元之之遇余難而余之得元之亦難得之難喪之易余能不悲能不汝悲尚饗

祭李仲白主事

余家於椒子家大仕多不相及如風馬牛余少登朝禮先一飯及子鵬摶我已肥遯曩者過我傾蓋之遺

宿無生平與子遊遨胡為論交片語僑札只吾兩人於世抹摋知己幾何恨汝不早誓將漆膠永以為好人孰無死汝死胡遽甫以好來俄以喪去余負明誼不及視含慟予奄化人何以堪嗚呼哀哉子之雋才飈發雲流以制其藝恢恢刃游子之氣岸行部獄獄黑面虬髯衆析其角子之斷獄嚴而不殘以暗大猾惠文之冠子之洵沫詆歌且舞畏壘庚桑以尸祝汝子之心事玉壺清氷點彼白玉聽之青蠅子之除目衆為錯愕治賦陪京秩亦不惡子之趣官盈盈一舸

道斃於郵能不號咷嗚呼哀哉我夢仲白空梁落月我哭仲白星隕河竭仲白沾沾鄙俠自喜所不可意唔如逝水仲白慱綜好古文辭名山之藏鄴侯筒之仲白赫號璧聯珠走以駭羨觀萬夫培塿自余為文鏤腎搯心衆所不信目為踦涔獨子視我千秋高調莫逆於心相顧而笑子所測筆凡十萬緡既得余言十襲而珍子謫南遷余慰以犢犍鞭之長不及馬腹增予四詩報亦如之揮以銀鉤夜光陸離子歸省覲治裝白下道出吾滁距不二舍闕之與人其日于于

人恭聘以牢其袪子既樂飲罷而不戒或襲之寒寖以消憊余聞子病使僮視子子喜而冠為余強起其步亍亍其聲琅琅其書謝余短而情長僮歸告余幸子亡恙旦夕江頭廢幾白舫余再使使問行幾時子已彌留進書不知嗚呼哀哉聖不語怪以為千雅聞子館斯見緋衣者心悸而問館人不言曾一留郎亦死轄軒買棺民家治以壬子子是歲生亟體于此理不可詰數則遼然殲我良人悠悠者天子之父母倚門白髮不見子歸見此歸骨兮之兄弟蘭茁玉蹌

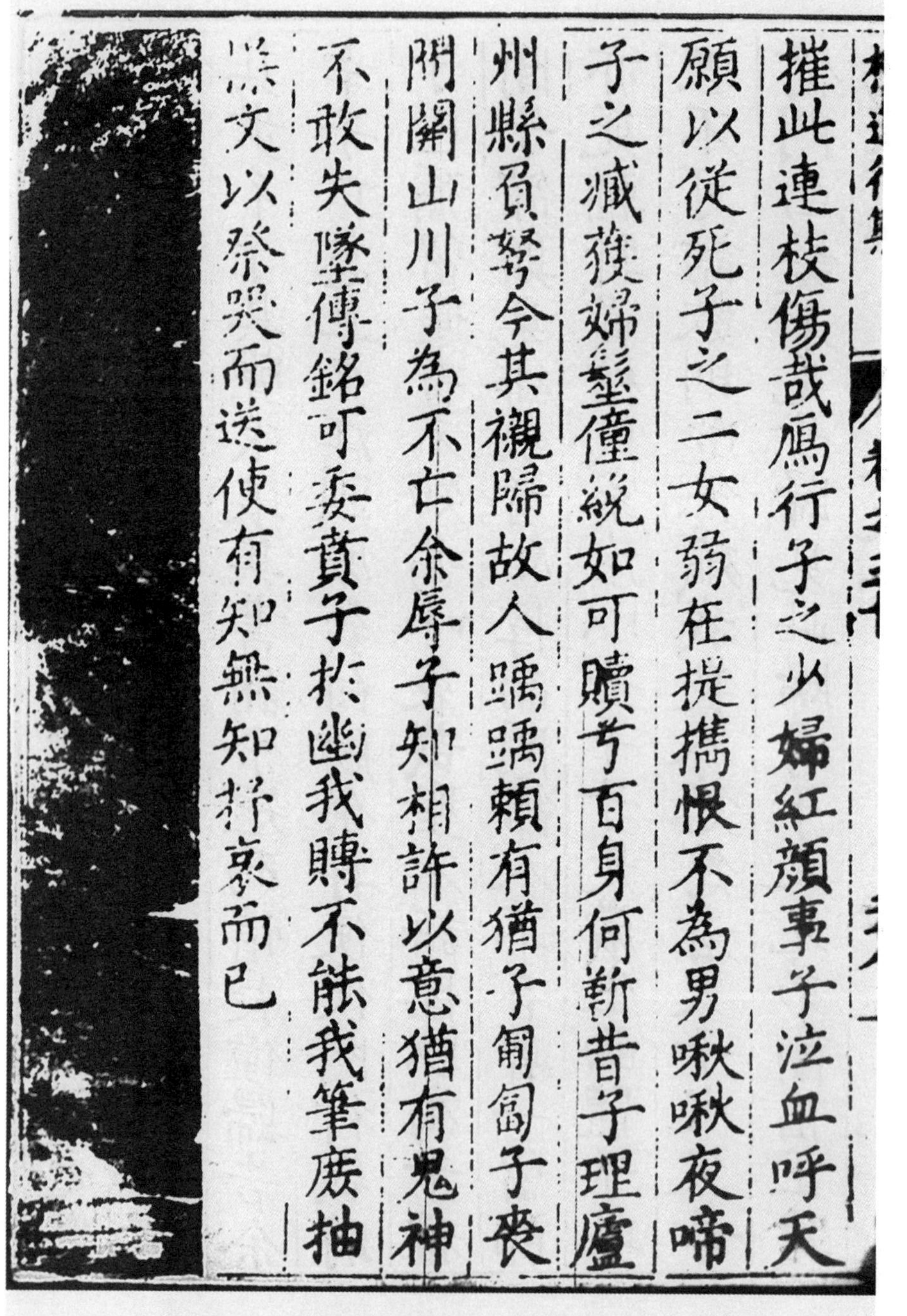

摧此連枝傷哉鳫行子之少婦紅顏事子泣血呼天願以從死子之二女弱在提携恨不為男啾啾夜啼子之臧獲婦髮僮縱如可贖兮百身何靳昔子理廬州縣負弩今其櫬歸故人踽踽賴有猶子匍匐子喪間關山川子為不亡余辱子知相許以意猶有鬼神不敢失墜傳銘可委責子於幽我賻不能我筆庶抽為文以祭哭而送使有知無知抒哀而已

楊老師全集後序

夫道一而已矣而道之岐何多也多岐喪道而殊途同歸則所爲配道者氣之用乎蓋自臧孫氏以德言功並稱不朽而在是道德外文章與事功岐就文章中而詩又與文岐昌黎文起衰代供奉詩擅正

宗而扵兼才皆識且道棼扵岐而
岐又有岐至以六義附庸蔚成大
國而畫境不與詩通者寧有異故
意矜于偏致而氣繫于相摹爾夫
氣發于無端而行于無際所以挾
思邃談閑性寫情斡旋六虛鼓吹
萬有不得䟦扈自我豈容攙襲在

人而邇多外借鉛華塗我面目神采不流行何能遠若

昭代斯文獨禀全氣未有盛於

冲所楊夫子者矣夫子慧性夙啓逸思雲流矢口成韻擲地作聲便足淩轢盛唐頡頏漢魏意調別才所長他詎稱是及閱其文又何竆

神達意肖物象形讀常恐竟而氣
殊有餘也彼其專功不概見而間
見之詩文業已守郢郢理典職方
職方救掌算學策倭十不失一而
且以前著中籌之餘思寄之鐃歌
凱章直合魏三祖横槊賦詩元魏
修期下爲作露板未爲奇絕無何

錢音志印口則有潔身明志卽
當宁再留閣樞共起而挽之不得也
而處考授簪年未強仕家無以為
而舌有剩在抑何勇决獨行畧無
需恐乃爾蓋賈生俊發故文潔而
體清嗣宗倜儻故響逸而調遠先
生詩文方斯近之阮固無論獨賈

弔屈賦鵩已見風騷之凡長策新書具徵通達之用而表餌諫於計庽懟忿拙于處窮則猶未為匹也蓋子輿氏不動心得自知言養氣中而知言實在養氣後其于善養浩然之旨不嘗詳孰言之則所謂四十而卿相霸王不為動者故可

識也先生絕去遷遁直寫靈明既
勒成一家言而功著
朔邊身安蓬累又絕無兩戰意觀斯
全者當知會道處得之養氣爲多
而比于子輿更爲先之是以難耳
詩文凡十帙詩六而文四詩刻于
同門湯伯恩氏而文尚有待燧故

復付諸梓以見夫子不獨以詩鳴而本其詩文之所得者于氣抑以卜其當大任而竟斯道之用者今即絕想而會須有日云

萬曆丙申歲長至之吉古越門人馮烶頓首拜書于新吳之澄心軒

楊道行集卷之三十一

目録

書啟

報石東泉先生二首

與趙用吾守道二首

報黄健所

報吴幼鍾

荅鄒孚如

荅穆少春

答申敬中

報蕭岳峯總督

復賈西池巡撫

答沈繼山巡撫

答呂新吾巡撫

報魏確菴總督

答御史大夫李漸菴

上張洪陽相公

上趙張二相公二首

與瞿睿夫

與趙廬江

與王紹濵太守

謝周按院啟

全椒楊于庭著

書啓

報石東泉先生

得報知先生副内臺矣　主上慎遴九卿疇咨四岳而先生起田間膺　簡命官彌尊道彌顯不佞庭聞之而喜可知也豈直沾沾東家丘爲婾快乎漢制御史大夫與丞相埒重　國家官極六曹然錢穀甲兵刑獄河渠之屬各一有司事耳至于官材之正邪人

心之淑慝唯銓部與總憲實綱紀之而霜肅風清寀寮辟易內臺尤凜凜矣先生既奉 召特起厭天下士大夫心則夔龍臯爽之業奚所不展布四體而下為也今天下弊在議論多而國是不定故一人也而朝曾史夕緋駬一事也而甲曰東乙曰西喜異而厭同或傷于激捨細而指鉅或病于苛蓋弊也久矣漢之為御史大夫者莫如丙吉其大要在持重其與魏丞相議事若不合而其旨在相成也先生自視何如吉海內之望先生又何如吉藹惟為 國家持大體

養元氣愛惜人材以備任使則一切毛舉苛捨之態

此自小臣事非大臣體也先生幸留意焉

又

[illegible]囬奉書亟為投袂再辱大賜而氣盈盈藹兩睫間

[illegible]可知也王居左个日羈東皇先生休開隆隆名無

脛而走天下當宁有虛席之待羣公有推轂之驩洊

陟台階無煩蔡卜矣而不佇庚三年以來簿書彌工

風雅彌薄菁華日降[illegible][illegible]日[illegible]鄄城雖習其主人不

諱其政而子悖父[illegible][illegible]丈[illegible][illegible]往而是庭自傷為吏

亡狀閑閣謝諸父老已與齊氏約七歲以上十四歲以下不就塾師者督過其父兄十五歲以上五十以下亡所事事而青衫白手行市中者執而荷校其亡賴惡少六博呼盧論為城旦五十以上八十以下有無子弟操何本業以贍其老蓋非敢為文具自惟夫夫綰百里之綬上有青天下有赤子脫自汶汶如知已何而智識短淺動見譸張拮据雖勞一割靡効語曰蹶躃不已跛鱉千里庭不假數奉教于君子矣日者 主上詔眾選材省吏各以所知上庭竊以為天

下不患無任事之臣而患無任事之臣而庭所謂任
事者非矯揉沾沾自喜也其才實練不實敏其氣實
沉不貴激而近世所推轂則虚憍恃氣者耳矣今建
昌守許敬庵者亦庭所嚴事也其閎議足以裨國是
其深行足以端世模其長才足以剸糾禁其遠識足
以灼先幾其德量足以消客氣而登第二十三年淹
一郡守庭竊慼爲今天下之能激揚人者莫如内臺
而先生于諸臺中又最爲奬進善類者其與不佞盡
孜孜以諮訪人材爲務仲尼有言舉爾所知爾所不

知人其舍諸故不揣而輒以正對唯先生亮之

與趙用吾守道二首

昨匍匐展謁過蒙慰存平生之遭殊逾涯分矣又辱誨以不朽之事庭也何知第跛不忘履盲不忘視每一念勃勃優及于室皇翩及于寢門之外雖然空洞而莫之告也而何意門下有意提挈之乎千百世而有一知已死不恨矣文章家在人耳目自有定評而今操觚之夫往往彈射譜之田巴嗤士一日而服千人耳形遇魯連當自杜口然此自門下事非庭任也

山中李伯承者其所爲詩翩翩有右丞風致庭即不肖無能爲宓子賤然安敢以揚觿視此君耶瑤草種種計當盈帙庭請受而卒業令憲事小史一抄之付歙鮑氏也

又

郡大夫以門下之劉飭諸吏敬聞命矣自惟不肖辱特達之知戀戀在隸人之宇下第門下方褆三尺帥屬而庭也敢不祗共爲一二兄弟先用是腈車未發而止齋捧入都五雲只尺　主上舉四岳故事進紫

徵使者而諮東方之諸侯則郢城小吏固不能不欣欣于埏埴之私也豪門各吏治不任主臣三年以来愳于越俎以速官謗坐是不得其要領瀕人必哭我躬不閑而遑邺人乎小傳一帙乃爲孚如吏部傳其尊甫者敬呈覽伯承君爲言必選當有赫䖺于記室所也

報黄化所

得報知有[illegible]寺之排其于故事直掇之耳何喜乎喜夫皇達清[illegible][illegible]人拔茅而老成端亮如先生者被

溫綸隮膴仕不惟叩閽吁天之夫得以就釋之乎伸肺石之枉即緣是出而開府入而掌銓可以展布四體而為之則丈夫許身之槪而管樂蕭曹不足伍也庭小子耳獨開口論天下事則私心勃勃竊不自意以為今之天下病在議論太多議論太多則下眩而莫適所從或詭為以隨上意之所在而實惠及民者鮮矣亡論它事即如山以東初議在節省則一切汰民兵減夫馬剋削工食以為名高而不知責長吏以無米而炊于是乎有掩耳而盜鈴如加減工食之

類者今業已一變矣而猶甲可乙否莫知適從則十羊九牧之過也夫天下無必弊之法亦無無弊之法要在主者持其平耳平者嚴則顧其後之必化而爲寬寧無苛寬則顧其後之必化而爲嚴寧無縱故夫咎繇爲理直後世廷尉祖之哉亦天下之官之準也先生且驂驂大行矣其無以不佞言爲迂哉屬有便佈此沾沾寒温語不又及

報吴幼鍾

忽忽二年朱明在御望而不見實勞我心金馬門不

惡幼鍾陸沉其間時時與一二兄弟命酒豪吟發出
金石拾燕山之月騎碣石之雲當此之時而有楊生
在者其樂云何華陽館中昭王臺上不應不妬故人
也賤子待罪已三年矣無所短長之効可見如此矣
百鍊繞指彊顔塗澤奉匜沃盥主人揮之不佞不難
百舍重趼以就門下第渴俛耳望金莖一杯乎雖然
賴天之靈諸故人長者之福幸不爲百姓所怨詛而
白日無事青山在門漆園恩王二氏有靈亦謂楊生
不纖可作濮水陳臺一　主守者　主上哀憐其愚不

歆遊二氏乃百姓意而姑使之執橐鞬于郡小吏之間其竟剪爲以爲戮未可知也幼鍾知我則何以教之

答鄒孚如

居長安時卒卒不得閒即一再過從竟爲紗帽世塗所糾纏不得細心討論一夕千古而况乎燕山楚樹天各一方也與哉督餉榆中情緒甚惡千里大漠岑寂可知花門雜虜風高叵測旅人冗局毛髮上指幸獲竣事又督芻曹自譽自嘲騶儈與伍語有之覆盆

安敢戴天又何述作之有也雲夢故多奇長卿哆口然尤恨此君不及見乎如足下故所為賦止道及崟岑巇嶮之山及瑊玏玄厲之石耳倘見足下則直一郄生足壯七澤何佗云云乎所諭復趙夢白書意甚善不佞亦竊以為天下有大音有小音即跫然者亦天籟也而或者詆為雕蟲斥為不為此吾家子雲老不曉事而夢白勒其說則亦過矣山中燕閒題詠遂帙扯鴻有便無條嗣音鄭重劄委序詩兩拙門下何以教之

荅穆少春

不奉清誨于今一年大征山下隱隱爲丈人逍遙皇鵬息幾時會當以羊角摶摝第未知近耗何似餘侍有後雋如濮州守者相與鼓吹否頃從諸官人惟韱知河朔禮饑千金不稀然自門下細事然丈夫之悦亦足窺其一斑也芝草琅玕計復盈帙南風順翔令故人游揚足下于黃金臺不惡何吾東家江門閒一音乎不肖憒憒癖好此技不休嘗試以爲不□不興不羽與不大而叢若輩價今羈冗曹款段歸来

兀兀無伍重以迫窮戒嚴頭角為諱長安貴人習為繞指何文采之與有何佔俾之為也足下知我則何以振之千里而遥恨不握手顛言不旣伏惟加餐

荅申敬中

足下謂職方郎婾快乎年近四十頭顱可知冀士之息杳然于飛之音何在每一念及未嘗不淚涔涔在睫間也足下清源書并胠篋之餌弟客歲從定之得之旋以內子之喪遂闕報章于足下足下其以我為非人哉故事縉雲宗誼于諸曹無二與仁公所知乃

弟自草土來而吾又一變矣即無美亦坐唵昧去燕其故可致詰邪弟識無美于諸生時足下謂其口語踈脫是誠有之然其于士不侵爲然諸固可㬥白于天下士大夫也而或以賍賦中之又從而文致之[illegible]亦甚矣弟糠粃在前適及于代然未嘗不嗛嗛不[illegible]于此君也敘中後宮有咳而命字者不咄咄揚[illegible]有藍田何從種玉邪汨汨苦海思君爲勞安得[illegible]東南一郡取道過君酌酒共澆此磊磈也

報蕭岳峯總督

山中嘖嘖亦謂延鎮之戰之挑怨于邊而據報則漢
過不先也但今被創之後虜必不能忘情于我而河
曲一帶密邇孫山脫以其全部而來憂乃大耳唯是
魏翁之揭至謂火酋近復生事而扯力克留其愛子
兎昧台吉隨之信有之乎今　國家所恃莫如扯酋
之陽順于東而陰援于西而其約束扯酋宣諭　朝
廷威德宜莫如門下幸急諭之召兎昧台吉遄歸無
或助逆其火真之罪聽陜西督撫自治之于順義市
賞無與也盖廟謨所為分順逆者如此矣

復賈西池巡撫

虜既大創而去其能一刻而忘情于我邪察夷傷補卒乘繕甲兵展車馬寇至而與之戰是矣唯是請餉一節業已疏請馬價伍萬赴榆中候俞旨即遄發也薊鎮入衛相沿已久昨咨議撤兵而該鎮督撫方持之薊門屏蔽陵京萬一有警誰任其咎以故不能奪衆議而從翁也亮之

荅沈繼山巡撫

以今海内所推轂端人正士則孰不言繼山先生

哉　皇上業已俞羣臣請而起先生田間授節鉞矣唯是關中古所稱百二天府而頃自洮河不戒以來幕府羽書道相接也抑秦氓望翁如望歲焉則惟是填撫其瘡痍而厚督其所不備我弗敢知曰秦庶幾其有鳩乎盖涖事耗至而士大夫喜可知也庭不敏獲從樞筦後以徼福乞靈于執事者廼明公惠書勉以劉忠宣公故事夫覆盆何敢戴天第不敢不畢其愚以稱足下至意則業已在揚之水卒章矣

答吕新吾巡撫

徃庭試為濮州而明公在銓曹闗爲不敢以赫號進然私心固知公為天下端人也比入為郎而公出為藩為臬嚴旂蔬藉甚頃三吳之填撫缺三吳士大夫則走政府及冢宰而乞明公巳治河使者缺河上士大夫則又走政府及冢宰而乞明公廼　皇上若曰三晋于畿輔為屏蔽而套虜蹂躪孫山間距河曲咫尺其以大吏有威望猒天下學士大夫心者徃而政府及冢宰所繇不能奪公于三吳及河上也然而不佞跡士大夫所稱說則安得千百新吾呂先生者而

布列天下令人人各獻之心手書至知己泣事計所
爲宣暢　主上儆意而遏幺麽之虜使不得逞是在
明公必自有算而職方生且從天下士大夫共拭目
快之也

報魏確菴總督

賊勢至此柰何公之苦心亦甚矣而此中之議論尤
紛紛也不令人扼腕邪庭嘗以爲翁之精誠亘日月
貫金石其在近代可比于張魏公云至其事之濟不
濟則天也諸葛孔明所謂成敗利鈍非臣之明所能

遥覩者也雖然　祖宗在天之靈寔默相翊翊萬萬無不濟者惟努力爲　國家而已此中可効區區敢不盡力

荅御史大夫李漸菴

令　朝廷之望莫如老先生而其綱紀百寮又莫如都察院庭之不肖業已爲言者所指而老先生以臺長之重不惟不與衆斥之而又從而慰藉之雖老先生未嘗私庭一人而庭不敢不謂老先生爲知己也語曰士爲知己者死死且不惜而忍自絶于老先生

邪抑庭闈之大臣以休休有容為大小臣以硜硜自
信為貞故惜才使過棄瑕取瑜雖知庭之不肖而猶
慰而留之庶幾少鉛刀之一割者此老先生之盛心
也而庭之自處則唯此區區曲士之諒如魚之不可
一日而失水者既被人言又不引退其于分義謂之
何且也人臣展采錯事恃此精神今庭進之則譸張
于王事而退之又跼蹐于人言志氣沮機靦顏在
列職方何地邊[illegible]何時而可使畏首畏尾之夫居之
邪夫天下之士輻輳而求知于老先生者甚衆而獨

眷留一小臣是必有以取之者若庭舉平生而盡喪之而又戀戀而不去則先失其所以受知于老先生之具而老先生又何從而取之伏惟力賜主持使庭得以發歸田里惓惓之私不勝大願

上張洪陽相公

庭以小臣奉　明旨留用至再　天恩無量閣下培植亦無量捧讀感泣敢復愛死顧今病勢很俱痊可無期種種苦情泣血難白庭少失母鞠于繼母田氏田今衰年多病日夜泣思庭昨使使呼庭早歸母子

得一相見人孰無母今元輔相公為　社稷重臣尚
總憲大夫人不能割小人有母獨不得事其苦一也
況門户孤單骨肉零落既無叔伯宗族又無兒男去
年喪妻今尚未葬五歲一女煢煢依庭日牵庭衣求
去京官故事例得給假送幼子還鄉而庭同為人臣
鬱不得請其苦二也飲食男女人之大欲今京官孰
無宴會孰無伉儷而庭遭　國家多難手不停披目
不停視食不下咽寢不安枕房闥久虛宴好謝絶積
勞咯血皮骨僅支而僅望博一彈章辱給事先生之

自簡恪情嚼蠟庭復何心其苦三也然此猶私情也國家所以任此一人非謂能展布邪今度庭醜頹再出能展布否夫居其位而不能展布與不得展布而不去無一可者相公何取焉而又況小臣事體與大臣不同何者大臣義均休戚彼其于呶呶者可無芥也小臣所自挾持獨自硜硜之見耳今若舉平生而盡棄之而又戀戀而不去不亦羞 朝廷而輕天下士邪 溫綸勉留人為庭喜庭惴彌甚何者昌非其據此中傷庭者之所睨而駭之而庭之所必去而不

非任也或者曰相公知庭堂官知庭庭[illegible]必求去而庭則以爲惟相公及堂官知庭此庭之所以急急去也李泌乞歸山唐代宗曰朕未厭卿卿何必求去對曰陛下未厭臣故臣求去陛厭臣臣欲去可得邪今庭亦及相公之未厭庭而求放歸爲自全計藉令厭庭庭去少味矣或者曰平寇功已報成庭何不少待而不知惟竊賊已平此庭之所以益不可出也何者方其猖獗則謝病乞歸及其捷聞則再出視事是乞歸爲避難而再出爲分功庭兩者益無所據矣且也

人臣報國豈必排衆肩事而鞠躬盡瘁之為誼卽一辭而退浩然歸山使天下曉然知此等小臣矜名嫮節共于風教未必無裨是亦所以報朝廷之萬一也今海內山斗無如閣下出處去就挺挺有古大臣之節亦無如閣下伏惟哀憐區區之愚如此早為主持放歸田里則庭雖老死巖穴間未嘗不頌閣下明德也庭頓首死罪

上趙張二相公二首

庭少好讀文史長從賢士大夫游輒銳然經世之業

竊不自意濫竽職方遭天下多故哮賊倭奴並起樞
筦洶洶至廢食櫛沐無寧刻而庭謬謂謝絕交游孤
行一意可幸亡害何期動與時戾口至興戎囑書塡
委拒之則怨封事礙猥褻之則怨兼之廢弁越闕危
言下進在廷方以爲不諱廣欲延收不佞獨遏其倖
端槩從停閣衆口鑠金固其所也幸蒙相公鑒原
聖明昭雪人讒盜嫂我乃無兄悠悠之談又復何說
顧感愴時事涕淚爲行雖謝病歸情不能已哮賊逋
誅業已有緒穽猿檻虎其何能爲惟在當事者同心

而已乃今未有釁端而言者又無故而挑之渠有不愕然相顧者耶是教之使猜也至如倭勢至此可為寒心而在廷諸公方且泄泄然恬不知怪一議召募則曰多事也一議調遣則曰騷擾也一議更置則曰張皇也一議增餉則曰國用告詘也當事者既籌邊之難而尤調劑人情之難典樞者既外侮之患而尤畏謗發譏之患以故朝建一議暮忽罷之朝遣一人暮忽止之畏首畏尾身其余幾夫自古無全利亦無全害今豈能無多事騷擾張皇國用告詘之害而其

計又不得不爲不曰蝮蛇螫手壯士斷腕乎病者用藥至不得已而用烏堇夫烏堇之傷人易知也而不得已而用之者病故也藉令諱藥將必任其病死而不之醫耶噫亦惑矣故庭以爲今日防倭斷斷乎無吝帑金無憚徵募而後倭可圖也古之名將惟岳飛爲能以少擊衆即如王翦亦必六十萬乃行今倭號七十萬實不下十萬而我沿海精卒不滿數萬彼聚而攻我分而守乘勝席捲其鋒不可當而我尚謂無事耶夫以天下全盛太僕所貯尚七百萬何患無財

以天下之財募天下死士何患無兵今不憂社稷而先惜財不顧覆亡而惡騷動此庭所謂絆也相公以名德執政　國家安危之重寄之相公子產有言棟折榱崩僑將懼焉故庭所望于相公者曰知人曰獨斷二者而已夫天下之權未有懸空而無所屬者故人主必于其相繼之而不在君不在相則必旁落而四出往者執政蓋嘗攬權矣天下以恣睢而敗矣邇來懲前之失一切無所侵越而其馴至于無權夫以政府無權而權之所倒持而横出者多矣此豈

國家之利以庇非望相公攬權也謂相公無務攬權之失而更失之無權以至于倒持而横出也夫疑人勿用用人勿疑政之善經也今既用之而復疑之既疑之而又姑用之已姑用之而又疑之世豈有如此騎墻而可以治天下者耶吕大防非不稱賢相然一倡爲調停之説而卒馴至于靖康故魏文侯用樂羊克中山秦武王用甘茂拔宜陽則皆用人勿疑而獨斷之明効大驗也而庭又以爲欲獨斷請自知人始今有二僕于此其一村野人其一人市井狡獪

也主人被盜令二僕格之其奮挺而前之死不悔者必村野人也市井狡儈望而走矣夫今天下之患深矣國事之敗裂甚矣相公不亟求愚戇任事之人備緩急而第得猾不任事千百輩一旦臨難有不望而走者耶夫豪傑之士其氣恥以于有俛首下人而衆口賢之者也然而知而用之則 國家受其利而不知而不用之則亦老死而不悔何者彼其中誠沾沾自喜而不求于人而獨惜夫以如彼之才而世以為愚戇而不用而不知夫誤一用之其愈于猾不任事

[illegible]也庭歸矣長林豐草矣惟相公身負天下之重而又值國家多難之秋庭辱知于相公最深而其時皆庭所欲吐而未竟者以是敢畢其愚爲庭死罪死罪

又

解纜而南閱兩月乃得抵里入門見老母衰白妻室[illegible]在寢舍弟惣幼血屬孑然且喜且悲含聲泣下親戚相吊謂已無官里并喧傳至云病死比及生還實出望外庭已矣孱鷄決飛而搶榆枋惡知圖南乎伏惟

相公以身任天下之重而當 國家杌隉之秋幸省盈廷之議論寬當事之文網而後 國是可定難可弭也夫盛世莫如堯舜多才莫如孔門然五臣各為一官不相越俎鯀如無功寧殛之耳未聞以稷兼治也求之藝由之果赤之禮樂未聞舉而欲兼之者今士大夫必壯其所不能而欲侵越其所不相及豈其人誠賢于禹稷求赤邪夫使士大夫陽博嫠不卹緯而憂周室之顛之名而 國家陰受之猾亂視之害則亦非所敢望于相公也相公知庭庭不敢不以正

告至于庭之一身大計之黜留庭誠有罪西功之敘否庭本無功此則付之公評不敢以私干閣下也

與門人馮居方

往役豫章則知奉新云其民刁號難治而不虞主爵氏之溺吾子也已從使者知交薦于監大夫則又翼然喜矣且夫嗣令而往也者其逈刀哉而至其以存問逐人嗛嗛不自得然僕非敢望如此也我且為肆中涸而故人以比溟鯤水擊三千里則豈不割采而快手而自罪放以来重以糊口拮据之是急唯是區

愚不自量妄摸古人欲勒成一家之言以俟後之君子即死且不恨而力綿智短蹶躃不前盖二年而為吴越之游者再意欲取助于山川以發其跳梁嘯歌之趣而或以為好游也者則何怪乎立朝筦樞之日而羣起而呶呶乎小園蝸縮不能百一于名園而圈麋于山羅鶴于臯則若有得之心而寄之麋與鶴者足下曰頭賜麟于天使盲官有美麋之賀而山人無題鳳之譏甚盛甚盛僕自去歲育一女至今尚未有就館者矣其以凉德而并斬其先人之祧乎則庭何

敢知然未嘗不深感于足下之念我也小集十本凡爲詩者矣爲文者四今其詩則湯錢塘梓矣錢塘費且二三十金其爲鄙人甚厚乃其文尚未有託而僕不忍重煩錢塘君也足下亦有意乎別有辦此者僕以爲不知足下之知我而文也則僕所爲不朽于足下者此矣

報許敬菴先生

自舟次邂逅遂成覲阻罪廢闔門謫不敢通賓客有聲譽然側聞除目未嘗不快夫子之雄飛也自惟徃

侍函丈其自處不敢後于人不惟庭自知之即先生
亦誤以為可鞭策而器重之既挂仕版樂與海内賢
士大夫游益奮然欲有所表見于世遭時多難承乏
樞筦妄意軍國之重莫如此曹而其于進骫紀其門
如市亦莫如此曹以故區區之愚欲峻立廉隅痛裁
請託塞一切游説倖進之途而不意時事有大謬盭
不然者既抱謗而歸而憾庭者尤欲甘心而後快吾
師視庭果自甘不類以玷先生之門牆者乎庭既計
盡求成為世大詬而考功大夫亦以庭故并黜為氓

此其故不可究詰矣先生道綎人羣爲世碩果幸益策勵清時訓采門下夔龍巢許其于　堯代固自不妨也不備

與友人論文書

承惠書諮及文章大業仰見足下之志銳而其心過虛也夫其浚心于古之事可不謂銳乎而其借聽于聾借視于盲可不謂虛乎以是覘足下之進且駸駸乎未有止也僕又何以益足下雖然僕嘗怪夫世之論文者以爲徒事蹊徑而昧其旨歸則私心發之久

矣微足下問僕固頗有請也猥問及之敢不以正對
僕聞之文以載道未有不根柢于六經而可以語文
者也昌黎柳州並稱大家然而昌黎有言曰上規姚
姒渾渾無涯周誥殷盤佶屈聱牙春秋謹嚴左氏浮
誇易奇而法詩正而葩柳州亦曰本之易以求其質
本之詩以求其恒本之禮以求其宜本之春秋以求
其斷本之書以求其動則何者不本之六經乎微獨
韓柳自賈誼晁錯董仲舒司馬遷劉向揚雄班固之
流以至于歐陽曾王及蘇氏父子兄弟鄰其材之所

[illegible]各有不同而要之本六經以為文故其文足術也明興以來北地擬袂而呼號為古體而信陽又謂古文之法亡于韓于是韓蘓之法遂廢而近代李于鱗汪伯玉極力模擬左史字字而效之句句而倣之此風一倡後生轉相沿尚于是視韓蘓若仇而并北地信陽將為古文之法抑又廢矣僕嘗以為韓柳歐蘓諸人彼其才雄視百代豈其不能若今人之善摹左史也以為文章家自有法度所謂法度者開闔照應倒插頓挫如沈約所謂前有浮聲則後須切響此圓

視而方矩者也而其句字之不相沿文法之不相襲所謂不傍他人口吻作生活也今一切飣餖如于鱗集中所謂絕謝茂秦書至摹秦三公楚三王爲虞九歌周二雅者以此而姍笑昌黎豈不令韓蘇之徒胡盧地下乎故僕嘗以爲近時論文惟茅鹿門得其大旨者以此也鹿門之言曰 國朝文人于詞賦之遺稍稍步驟獨文章之旨去古尚遠僕始而聞之駭已而信何者文章者擬議以成其變化之謂也 國朝之文所嚴事莫如献吉試取以較昌黎昌黎之變化

無窮而獻吉之變化有窮以有窮角無窮寧能並道而馳乎而柰之何謂昌黎不足為也亡論序記碑銘傳志之屬令不如古即如書啟近日諸人一切雜取左史莊列韓非國策諸句彙而成文如沈約所謂徵事者誇多而鬪奇詞續而意弗屬韓蘓肯為之乎亡論韓蘓獻吉大復有此體乎總之古人之學自其成童以至髮丱則已熟讀六經而后旁及于百家諸子之說以故其為文沛然而成章今人為應制所拘人占一經不復博通六經百家之說而第摘莊列左國

之粹者飣餖而爲文無惑乎文章之不古若也柳僕又有說焉人之才力各有所至司馬子長之于傳記蘓李之于五言班揚張蔡之于賦李杜之于詩韓歐之于文從古以來未有兼而工之者也獨柳宗元役心于兩者兼有所長然其詩既未得入盛唐之室而其文亦下昌黎一等使用其精神偏攻而獨詣則何遽出李杜及昌黎下乎即以詩論唐人各有所長大白七言近體止二首孟襄陽止一首杜工部無樂府其餘如沈宋陳子昂杜審言韋各流傳止數十首未

嘗自謂多多益善也而好大喜功之心舉前人而盡掩之則未有如 本朝士大夫者文則津津史漢賦則屈宋樂府則漢魏古詩則十九首歌行則李青蓮杜工部五七言律則李杜及高岑王孟諸人絕句則王昌齡及太白既肆其雄心于文而又雜摹諸家詩體其篇至于數千萬言而其集至于充棟然而襃其多者以埒少者彙其雜者以埒專者古人肯俛首耶前新見凌自古而然文章定評昭昭如日月為何可欺也僕竊私憂之然而卒然而語人則未有不羣然

咲之者以故寧悃悃爲夫惟足下之志鋭而其心過虛也故盡言而不諱僕所槩于古今之文者如此若夫李何諸人之爲明大家則海内固已知之僕無庸喙矣

上少保楊本菴先生

庭死罪庭今者齕草逐水于江湖間也誼不敢數數自達于門下至其戴皇天而履后土則庭之不忍忘師亦猶師之不能忘我也庭死罪往厠時疹謬貢剛腸鄉咲曹攄感舊之詩不信翟公署門之旨肩頃輈

張杜門席藁賓客既去親知亦踈重以家素孤寒宦無學積釵釧裳衣動皆典使里井之所姍咲妻妾之所訕譏飛語流傳譁為已死強顏悲歌破涕為咲而怠知貧賤之果動心二子之非虛慨也庭死罪死罪庭聞古之君子其見人之善則引而進之引進之不足并其瑕而掩之卒不可掩又從而憐之不幸而敗則號于衆而救之持是以觀今之人而獨以為吾師夫猶古之道也夫以庭之不肖而見棄于衆即以師之力援而世不肯薄之于　朝乃師猶為之號呼而

不置藉令今之人而更有如吾師者助師以為之援師之力且益倍則或者援庭于泥途之中而收一割之効是未可知也然而世卒無應者此亦庭之命也夫雖然師終不以是之故而少殺其援庭之心則庭雖未必援于泥途之中而收一割之効顧豈能一息而忘師耶貢詩一篇并寄所刻集呈覽自知其不文然亦足以見庭之區區如此也庭死罪死罪

報鄧定宇

往役豫章獲謁門下于江中之孫嶼一宿乃返至今

教言鏤在心骨明公亦記憶之乎其言以為既改駕
部未有不以職方相處者此重地須力為執持確然
如山不可撼而後可僕雖駑未嘗一刻而忘大誨也
輒不自意果玷樞曹兼值叛夷倭奴之變羽檄交馳
至無寧晷而一時干進之徒百計請託不佞不量而
欲以身為砥柱過洪流卒之跌蹷不容竟擠削籍雖
客氣褊心畢皆自取而澡心勵精銳然欲有所表見
于世亦素所蓄積也明公視僕僕之行事豈不然乎
得罪以來杜門席藁自恨負氣太過待物不洪皆學

力未深涵養未到所致而摳趨請益山川間之至其執法被黜之死不悔也山中無事寒螿自吟日以成帙謬爲好事者所剞劂敬託馮奉新呈覽高山景行皈依有日不審翁又何以教之

上尚書諸愛所先生二首

辱再示文稿二帙并以校序見委自惟學愧元凱胡訂左氏人非玄晏昌序三都而謭切門墻命嚴師父謬爲刪定兼撰序文一篇倘台覽見俞便付樊令剞劂也庭韻不適俗才匪通方獨于古人土苴之遺粗

窺枙槊妄謂近日文章家割裂湊合摶沙弄蝸則鬆心變之久矣伏讀大篇神完氣厚其高者如冠冕佩玉清廟明堂而其卑者亦如駿馬蹄踶不可卒控此自公論即樊令亦云非故賣評亦非敢阿私所好也輙不自揣謹撰奉贈二十韻具在别楮區區之情且頌且禱蓋一以為天下祝而一以快吾私云繞惟𡚶之幸甚時事可駭山斗方懸漕河恐不能獨藉重矣

主臣

又

李空同名高一代而其于楊邃菴門人也至所校正邃菴集尚謂批削太嚴殊非事長事貴之禮我師名位不減邃菴而其品格文章抑又過之乃庭則何敢望空同之萬一而猥以堂下之見為名人訂正其文又不揣而僭為刪改雖父師之于子弟曲恕其蒙而深與其進頗質以空同之所遜謝于其師者而庭醜焉冒之夫亦不度而亡恥矣得手劄過為奬詡又重之以能刻之既不自知夫愧之汗沾衣也至所不惜齒牙餘論以噓吹不然之灰則師施恩不報而庭亦

頃踵不知所報業已在揚之水之卒章矣

與李仲白推官二首

庭不肖跧伏田間胥然士大夫之耗然至其虛已而求士休休然有古人風者則未嘗不私心慕之也廬于椒為隣郡不肖于部内為隣氓雖未得望顔色乎乃其從搢紳及州邑之人說足下嘖嘖不離口曩曾和州問于庭曰子之得罪始末可得聞乎庭愕然曰公何用聞之和州曰以廬理公欲知之也頃貴寮陽公来則又告于庭曰子習吾李公乎對曰未也曰公

知子已為子請于當道矣庭退而自思凡人處蓬蒿者聞足音則跫然喜而況予辱在泥沙窮鱗涸鮒之與伍獱獺之所咲而乃有舉手而援之者哉咄咄明公庭之心事未易言也庭少時謬負時名與海內一二兄弟以氣節文章相彌引輒不自意承乏樞曹妄謂謝絕交遊孤行一意可幸無罪而不知時事有大謬不然者既以齟齬不合移疾而歸而言者必欲甘心庭而後快已而主爵氏乃言其枉且至與之鬨于朝而　主上以為黨并考功大夫斥為民于是言者

亦上書自理以為臣之初意亦求量處其以懲創之而不虞　聖怒之至此極也凡此皆庭禍心客氣所致尚誰尤乎罷廢以来身世兩棄唯是斤斤束脩之行終不敢墮落不類以喪平生而不謂水鳧山鹿之蹤乃復有明公一知己也夫以明公人倫之鑒譬則伯樂之于馬公輸之于木也以不肖之駑駘之樗櫟而猶辱收之則世有逐電之足大廈之材有不百舍重趼而自獻于足下者耶是以不揣其踈賤敬以小集二部選詩删四册奉覽雖其雕蟲之技舊挂彈章

而明公倘于清燕之暇取而觀之亦足以知其人之大較矣叔向有言子如不言吾幾失子夫以叔向之識而猶待鬷明之一言矧夫不佞言而先知其人如足下者而庭又安得默默而已也庭再拜

又

僕少好古文辭然不敢謂嫺于古文辭也始朝廷採虚名而置之職方非其任矣何者用兵之機使貪使詐而硜硜者無當也涉世之道一龍一蛇而倖倖者無當也已惡僕者羣然而中之而寃僕者又羣然而

筆之易曰龍戰于野其血玄黃其是謂矣然自度飲河滿腹之量而姑放之山水間以自娛則亦何牢騷之與有而又何賜環之敢望乎足下幸哀憐其愚而又厚督其所不及至引而儕之王李之間蓋僕嘗私評而未敢為足下道也請以水喻址地達摩西來為明初祖譬之河語遠也又語雄也歷下光怪百出雪浪泊天譬之江語險也弇州洩渤鼓皮亡所不具譬之海語大也其他昌穀庭實近夫太初呇釆稚欽及近日子與子相明卿之屬其高者如震澤洞庭非

不震撼天地其来不遠其下者吴淞之河乗以青雀之舫絲管嚼啾自為媚耳足下柰何欲以一衣帶水侔江海不令景純玄虚掩口咲乎来貺鄭重折程留之佐酒飲德無量二幣璧完尊諭奉在别幅

與蔡肖謙光禄

明公于寓内鳳麟也即寓内登公卿者亡不以蔡先生未用愧于先之而先生所以旋起旋歸不肯一日留于朝廷之上者太夫人老在堂也乃今太夫人以天年終而先生遂遂左右竟與太夫人天年終此于

先生雖慼慼抱終天恨而寓內知蔡先生無內顧則自是一日而致三公使天下得究蔡先生之用而先生亦無辭以辭于天下之推轂先生者先生其無過慟哉禮稱六十不毀而先生又鄭重其報劉之身以報

陛下是里人所劄采于蔡先生也香楮奉吊伏惟炤存不宣

答孚如

使回得佳序并批正之辱去取既極精嚴奬詡又復偉鉅弟方感服不暇何忍一日忘兄也緣去歲弟感

風濕一病幾死弟婦又患背疽意外之灾種種而至自分永填溝壑不謂復起為人坐此益寥濶矣痊後方付詩杭州刻訖即欲寄丈而會馮奉新又乞刊其文稿弟意候竣刻併送而不意馮尚未有也就館二姬止育一女所云麟兒全未全未使来知兄子然如昨兼有去歲之恙吾兩人者並為今所中又並為造物者所苦耶得書且喜且悲至為泣下喜者足音之跫然悲者恨合并之無時而嘆吾曹之蠖屈也顧區區之愚則頗怪吾兄離羣索居之過而不忽不為一

忠告者夫不干有司不會貴客不與宴會此不獨吾兄即弟五年来未嘗入滁城投一剌詎敢謂兄謝客為非乎獨親戚故舊枌榆瓜葛之好所謂吾非斯人之徒與而誰與而柰之何并慶弔往來而一切盡廢之也弟與兄急者生子次者名山之業其下貴顯耳夫男女之好非極驩則不足成孕即孕未必男而極驩非取辦于姤合時也大要在心愉志溢而後暢然而投今吾兩人之遇亦厄矣其牢騷而無聊亦已甚矣即使破涕為咲猶悶積疢之不消而兄乃塊然獨

居形影相弔以望孕育其驩幾何所不可者一也木
難珊瑚置之五都之市乃足駭觀櫝而函之其誰信
我又況千秋大業亦須溲渤並蓄百足不僵址地最
稱簡貴然至宗儀搢紳商賈之屬爭出其門厥名乃
大吾鄉弇州食客千人婆娑歌舞景從邅附名無歷
而走四方此兄所知也柰何自同寒蟬一切謝絕使
曹丘劇孟之徒不為我用所不可者二也今夫雞肋
食之雖無味而棄之亦可惜乃今如此矣猶記典樞
時一政府從容語弟曰銓樞並重足下行所無事甚

仲[illegible]似鄒選郎奇奇怪怪也弟正色而對曰鄒某持正從来所未有老先生柰何出此言其人面頰盡赤未幾而夫已氏中我矣今兄再推不允居然可知中丞疏薦而直指不然亦自有說闖之道路干旄在門闖者例[illegible]此尤非所以關妬婦之口而累賜環之梯所不可者三也夫毀方為圓賢者之恥弟之不能詭隨不後于兄獨企鑿坯立槁原非中道弟而不言誰為言者即如[illegible]白兄家居亦復與親故相見時時出門恐未必此之為是而彼之為非耳兄以為如何五

焉丹殊不驗其人亦不肯示人以方弟絶不用也唯是寡慾為主投之以時長老之談似不出此寄去小刻六部奉教文刻倘至便寄兄也丈夫所患無身兄幸自玉則弟前所云三者皆舉之矣樊欽之已為丈致聲渠亦念丈不離口併復

與瞿脩夫

方晤脩夫雖恨夫縮帶之晚而未知夫分袂之悲也已別脩夫而種種亡非慾者則亦種種亡非欷歔者造物者之弄不佞甚矣夫既與之以瞿先生以中其

淋漓千古之遺而胡一朝而解攜之乎北行何似王鄭令復作何語與之言此中人復犁然當于心不亦有佐足下買山錢者乎三輔大中丞忭使璫不自得知足下之不偷志于茲行也春明欲與皖城吳幼鍾會足下于潟茂山下足下幸待之

與趙盧江

治粟小草辱門下不以冗局鄙夷我緣是奉玄言賭鴻作漢雖愍人倫之鑒乎顧惡有文高如明公者而不一日而空驥之羣盖過都歷塊五都之市爭識之

不必伯樂也僕迂踈亡當于世寡諧自典職方遂罹多口主爵氏以公道力濯其冤而 主上以為黨而并怒之株連諸人逐貶殆盡此其罪益不可追矣所幸故人雄飛簡命為令丘鄰之踪沾沾割釆盧江舊穪巖邑猶喜賦稅叢完逐迎孫寡公以青年偉才涖之一城如斗何足卧治唯是不佞辱綈袍之誼願公趂此暇日討論國家典章留神經濟凡河漕邉防馬政鹽法及人材吏治逐一講求他日入為臺省公卿事事到手迎刃而辦耳僕少喜為詩遂以成癖歸田

而後益得肆力于文然而雕蟲之技壯夫所耻而况力又不足以副之乎與足下言所謂其言之不慙恃惠子之知我也庭再拜

與王紹濵太守

癰五發而體不勝徽仁公之靈而止然而瘠甚矣食特粥而行倚節即欲攀佳思以爾諸君子之旨而不能矣仲白苦牢騷弟故作豪舉語欲張之亡獨張仲白吾曹遂容蕪用自張楚態通有言周不益吾號我自尊耳門下飲醇酒一斛讀弟文當拍案一大噱也

賤軀粗復瞻對不遥辛為我語山靈掃片石以待

謝周按院啟

牛溲馬勃猥辱兼收羊質虎皮獨慚不類上之則誤塵 天聽恐累 朝廷使過之仁下之則謬採人言恐傷門下知人之鑑愧深汗下感極涕零伏念庭愚不適時拙徒守已生于下邑素無父兄鄉黨之緣奮自少年竊有氣節文章之慕綿州符而叨舉卓異蓋繇太宰特達之知舉卓異而僅得討曹又以銓郎齟齬之故要難詳于筆札總自信其肝腸逺乎典樞偶

然承乏值哱賊倭奴之交變遂鋭意于功名遺妻死女啼而不辭忍貽憂于　君父封事不當其肯窾或以見寢而致嫵噅書時佈其腹心又以不從而取怨失于裁答則禮數之責望居多而不憐其夙夜之拮据曾無暇晷踈于應承則口語之脫畧不少而不知其死生之負擔遑卹人言方監軍涖事之初正制府圜城之日渠既玩軍令之不肅衆共虞賊勢之難平致　君王按劍而逮督臣豈小臣撊毫而陷大吏不能排奏凱之御史徒切齒于負嵎頑乃擠養痾之職

方遂其心手下石欲加之罪何患無辭業已指曾參為殺人更誰明不疑之盜嫂幸而是非猶在主爵氏力爭而棄官耳目難塗諸曹郎群起而抗疏雖 至尊之賜玦尚饒平章烟月之權即賤予之抽簪已遂定省晨昏之願擁書萬卷唯誦讀之是耳閉戶六年豈吹噓之敢望恭惟台臺門下膏澤與江淮並潤風裁共星日孤懸天所以佐中興既篤生于表裏河山之地 帝將為畀大任又特簡以枌榆湯沐之鄉所至炎然市不易肆相觀而化吏不愛錢澄清已見其

一斑勛業行躋于三事而尤廣鄭弘置屏之意辟人材以事　君推陳蕃下榻之心從部詆而得士至如區區之劣質自廿仲蔚之蓬蒿何當款款之盛心並辱狄公之桃李唯采葑不遺其下體故攻玉無棄于他山不階左右之容得備干城之薦如郭參政之出塞洵謂奇功若吏别駕之刋書允稱佳士庭于二子獨愧非才而門下收寸朽于合抱之餘令樗櫟與梗楠共採憐蹔蹶于過都之後使駑駘先騄駬一鳴騰異日起安國于徒中亡非再造即終身荷陳湯于廬

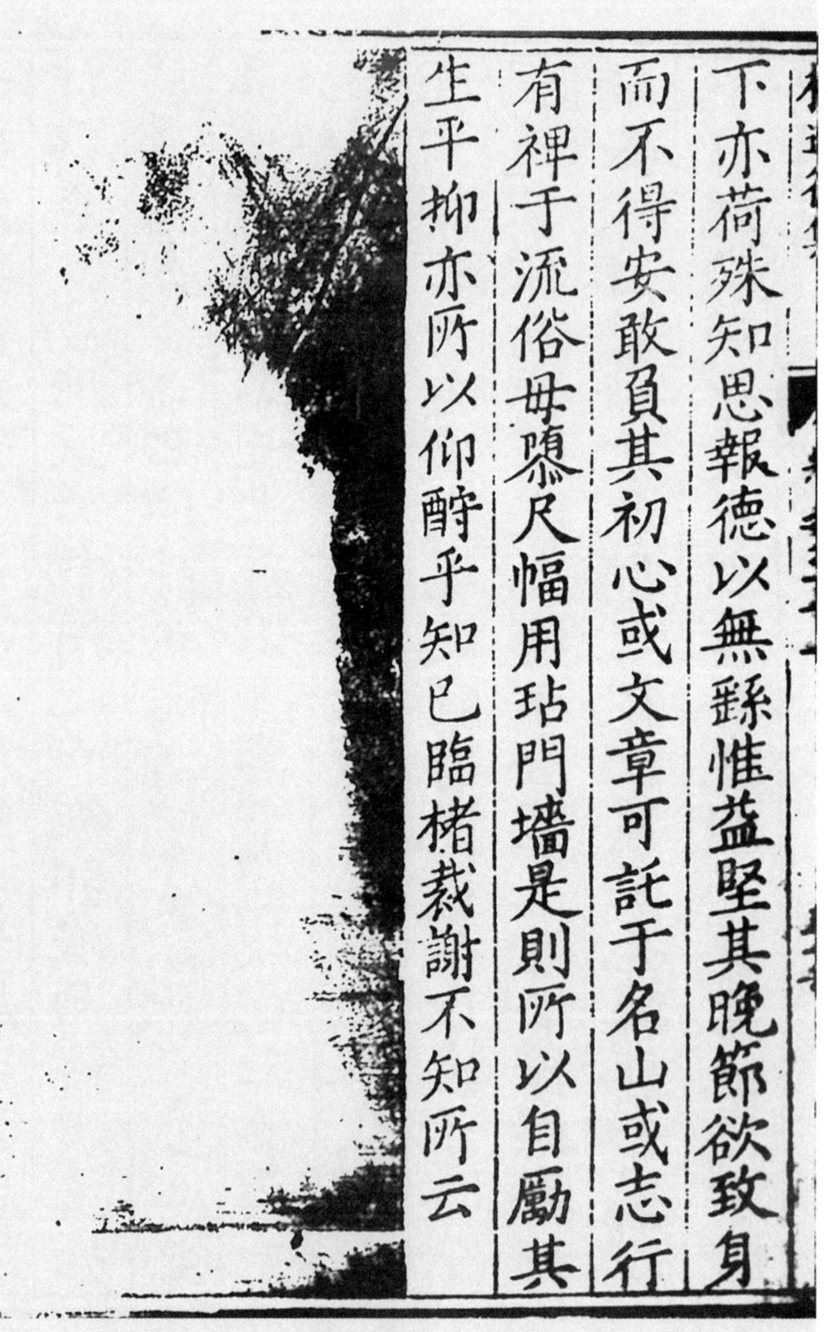

下亦荷殊知思報德以無繇惟益堅其晚節欲致身而不得安敢負其初心或文章可託于名山或志行有裨于流俗毋隳尺幅用玷門墻是則所以自勵其生平抑亦所以仰酧乎知巳臨楮裁謝不知所云

𢯱道行集卷之三十二

目錄

論策

楊道行集卷之三十二

全椒楊于庭著

論

上下同欲者勝 山東試

夫兵非不勝敵之患而驩然相得之爲難且夫以三軍之衆而寄之一人國之存亡衆之死生于是爲在而苟其人自爲心外合而中疑貳于是吾有所令而衆輙不從吾有所禁而衆輙不信吾有所議而衆輙從中而咻之是未與敵交而吾之形已敗而功何由

成夫唯主與將將與偏裨與卒油油然如手足父子相得驩甚令發之日士坐者枝袂行者距踊則諸劌之勇也夫為不得死力而將可坐勝矣孫子曰上下同欲者勝余以為此非孫子之言也證在泰誓也不曰受有臣億萬唯億萬心余有臣三千唯一心乎夫孫子所謂上者非必將也所謂下者非必卒也主與將對將與偏裨對偏裨與卒對凡為之下者皆上也為之上者皆下也主一將十將一偏裨十偏裨一卒十人心不同如其面為不同而令之同欲何說也傳

所謂師克在和而周武王勝紂用是物也吾何以知其然也城濮之後楚子使子玉去宋曰無從晋師子玉不可故敗敗在主欲不戰將欲戰也邲之師中行桓子欲還曰楚歸而動不後彘子不可故敗敗在將欲不戰偏裨欲戰也韓之師晋之大夫交諫其士卒亦不肯也惠公不可故敗敗在將偏裨卒欲不戰而主獨欲戰也故夫兵凶器也戰危事也非合衆人之欲而欲以其智力爭勝于天下亡是理也十家之子其主伯亞旅疆以之不叶而業不敗者否也夫兵者

存亡之任定于呼吸非直十家之業也三軍之衆非直亞旅疆以也行道之人掉臂不顧而吾帥之以逆顛行蹈白刃又非有家人肉骨也主心與將將心與偏裨偏裨心與卒坐令一樹之一拔之一傳之一咻之智者決策于愚人賢者得能于不肖欲以取勝何可得也古之用兵者上爲上至天下至淵將軍制之盈廷之議弗撓也盈筵之謗弗聞也蓋君與將相得也中爲大將制命偏裨禀之偏裨敶謀大將裁之代中之名不敢也聽而無上不敢也蓋裨與將相得也

下有士未坐不坐士未食不食甘苦必共寢處必偕

將相得何也是故重辰牙則鮮貂而馳賜佘饗

出於門而與飲奸旗鼓則據法而行刑禁鹵掠則

而約其志正事則撫循而卹孤病金瘡則就寢而存

指之如嬰兒捍衛如手足相救如率然上不疑下

不忍驅之以守則守驅之以戰則戰驅之以赴深谿

與俱死則其訓則謀伐城加敵國而萬不一失

道何者則撫綏之恩著而死綏之義深也今夫吳人

越人之同舟而遇風也相救如左右手吳越人相惡

如初也然而相[illegible]者其欲同也一夫而驅千羊驅而往驅而來無不如意者[illegible]也伯牙氏鼓琴流徽撥節聲出金石者[illegible]鍾有良馬庸人御之轡策傷喙而不[illegible]千里一息者人與馬相得也三軍之士[illegible]而功不成不信也李牧爲趙將備匈奴椎牛饗士士樂一戰牧用之大破殺匈奴數十萬衆王翦伐楚堅壁不出使視士士皆投石超距翦曰可矣卒俘楚報秦王也則豈非上下一心而致勝之明效大驗邪故聞與卒同[illegible]而[illegible]

而不可用如何曰吾所謂同欲者非煦煦如奉嬌子之謂也又非直區區吮腫分甘爲也恩以撫其先而刑以齊其後也亦可用用之不可用馴習之馴習之而不可用則殺之故布帛尋常庸人不釋鑠金百鎰盜跖不掇則能罰之必爲故也夫將兵者不斬莊賈不戮楊干不誅馬謖而欲上下同欲難矣其取勝亦無幾矣

策

問禮享帝享親揆文奮武所從來遠矣其制至周

始備今觀周禮王制月令禮經諸書所載圜方
異位祫禘異祭親賢齒貴異教蒐苗獮狩異名
匪直儀典蓋亦有精意焉可纖指而陳之與漢
唐諸主閒有慕其躅而舉之者受釐渭陽立廟
郡國辟雝徂劃驪山講武班班簡編可鏡也抑
于古帝王有符合與 二祖初定天下釐正
鴻典 天 親介禧文武飭治其度越前代殊
甚 皇上臨御祇事 郊祀 親幸太學已又
謁 山陵 閱營兵 祖烈克紹 大禮具舉

炳炳乎登三五軼漢唐矣顧所以植仁孝之經
而崇文式之本者諸士亦可竊窺而揚厲之與
夫舊曾揚漢精意雖合亦有因繁縟之觀究精
微之旨可仰裨 冊府萬一與簪筆而揚 主
徽臣子責也諸士其毋隱毋蔓主司將試聽之
山東刊
帝王之纘述祖烈肇舉鴻典也直區區縟觀哉父天
母地壇壝之所自來也而德馨先之矣尊祖敬宗禘
獻之所從起也而精神貫之矣勸學興禮見謂撰文

而所以磨世礪俗者固有在也治兵詰戎見謂奮
武而所以禁暴戢亂者固自有在也人事不殊植仁
孝之經崇文武之本而後以承誥后之故事而試之
其于術道則謂夫惟明于樣核轄白之次而擢覽興
袞之深秉照後之責以員何補不符何釐不遜飭精
明之實攷則何文不蔚何武不張不下階序不越俎
豆而習于揖讓是道也傳曰仁人為能饗帝孝子
為能饗親然後一張一弛文武之道焉自古記之矣
觀其制作于虞夏而大備于成周其說詳于周禮而

雜見于大戴禮王制月令諸書何言乎其享帝享親也圜丘祀天用圜鍾舞雲門禮蒼璧方澤祀地祇用函鍾舞咸池禮蒼琮則郊祀之說也三年合羣廟之主有祫五年祭始出之帝有禘則廟祀之說也徵獨是異也燔瘞不異享乎泰壇明堂不異祀乎時祭不異名乎而聖人者非徒彌文爲也畏天之威于時保之則不祝史而肅允文允武靡有不孝則不黍稷而馨視于無形聽于無聲則不吉蠲而信玆所以潛通冲漠而仰荅靈祉也何言乎其揆文奮武也帝入東

學尚親貴仁帝入西學尚賢貴德帝入南學尚齒貴信帝入北學尚貴尊爵帝入太學承師問道則視學之說也中春教振旅蒐田中夏教茇舍苗兵中秋教治兵獮田中冬教大閲狩田則閲武之說也徵獨是異也釋奠養老習樂舞不異禮乎三年五年不異節乎而聖人者非徒壯觀爲也教之以六德六藝六行則何行不立程之以六步七步六伐七伐則何藝不成董之以五刑則何惰不激茲所以文教蔚隆而武功丕赫也之所謂精意者也漢唐而來此義漸寖閒

有舉者明德未馨胡資對越實意未飭奚取儀章漢文帝郊見五時立廟渭陽祠衣色尚赤則方家之稗說也漢高帝令郡國立太上皇廟終漢世因之議罷議復如築舍然則猥臣之諛旨也明帝袒割辟廱尊養更老而治竟以不古爲觀爲耳矣唐明皇躬環戎服講武驪山而不能弭羯胡之禍爲耀爲耳矣豈所以步姚姒之武而方姬王之駕哉 明興 高皇帝稽古定制建 圜丘於鍾山之陽建方丘於鍾山之陰以祀 天 地已而合祀建 廟 闕左以饗

德懿　熙　仁四親而習師江淮釋奠太學其經始
皇業芳躅可稽也　文皇帝繼統合祀　天地以
太祖配建廟址平以饗　列祖　太祖而一視太學
再閱京師其潤色太平彝軌可鏡也仰惟　二祖所
以駿奔　郊　廟者禋祀則星緯呈輝卿雲耀彩裕
享則赤刀在序玉几如存是左右之孚而著高之感
也疇非實心　二祖所以經緯文武者揆文則敦敘
五倫表章六籍奮武則再造區夏三犁虜庭是咏句
之化而秉鉞之威也疇非實政軼前代裕後昆大都

具是矣我　皇上躬上聖資纘下武之迪齊禘事郊祀矣已又謁　山陵矣燔望升中碩燕也昭穆殷薦崇孝也嘉俞元宰繪圖成冊鉅程也愉奉　兩宮莅上　園寢隆敬也愚以為我將之篇清廟之咏不是過也以故雲流五色占璇宇之常清瑞應三靈見金甌之如故所謂植仁孝之經者非邪元年　視太學矣再踰年大閱京營矣皮弁釋奠贖典也執給視師雄略也師儒坐講橋門諫觀畢恩也魚藻鳥鶴肅隊嚴行大法也愚以為有聲之詩車攻之雅不是過

也以故册書在朝木鐸在野而比屋習于絃歌兵休
于舍將止于垣而絶徼寧于奏凱所謂崇文武之本
者非邪顧執事猶謂舊典易沿精意難合而冀諸生
有可裨册府萬一者則愚也竊鰓鰓計之矣 皇上
篤明察之義以事天地即配之分合勿論也尸居能
龍見乎淵默能雷聲乎昭事上帝能翼翼乎先天天
弗違後天奉天時乎有來至爲雝蒼玉在列其精誠
猶與天地爲二也反本始之思以事 祖禰即堂之
同異勿論也覲乎饋能僾然思櫛沐乎瞻堂搆能凜

然懼艱難乎儀而刑之靖四方乎陟降上下能克紹乎有來至爲雖大祝陳詞其意氣猶與祖禰爲二也經久遠之圖以飭文武即制之治華勿論也遯不作人如棫樸乎疑丞師保如周官乎式怒蛙乎拊而循之如挾纊乎有來至爲雖躬臨辟雝親履行陣其于實政蔑如也故不郊而郊食息起居皆天也所謂陟降厥士日鑒在茲者也則事天可知矣不廟而廟羹牆户牖皆祖也所謂世德作求永言配命者也則事親可知矣視學文之經也然亦有不假膠校而化

揵于桴鼓者則懿德之數未也兹不言之教也視師
武之緯也然亦有不藉韜鈐而折衝于罇俎者則王
猶之允塞也兹不戰之兵也是以竊爲今　上望之
也矧星象示詹雨暘不時祲沴之氣爲灾郡國之
望彌亢亟　帝既可常恃乎方隅多警玩愒成風典
章忽于綦隆暇類生于泰極　祖鑾可常保乎　上
嗜學好古虎觀諸儒日濡毫而待　詔士精六書及
冊青之業類續食集金門頃且以勞博冠服矣愚以
爲　上富于春秋宜游心大業佗以方技進者可一

切報罷也遼左上首功　上不靳通侯之賞與世券若曰庶幾得熊羆不二心之臣爲　國家伸一臂力耳少年貪半通之綸綫謂乞一典屬國可生縛五賢王以歸則封狼居胥之事非漸也愚以爲　上英藴第無令廣傒其雄心邊可息肩也如是而　天親不益闓懌文武不益懋脩者愚不信也夫宣揚　主徽埶事事也斧藻　聖質大臣者之責也愚生何以知爲

閭爲政不患有盗患弭盗難耳山以東非古齊地

哉太史公曰多刼人者大國之風也蓋自古記之矣漢以緝盜稱者或購賞捕斬或部衆掩擊或賣刀而馴渤海或罷兵而平泰山率齊吏也其方畧雖然得與今天下綦隆而東省乃時有盜發當事者亟而捕今矣輒捕輒竊發竟不衰止議者大都在嚴保甲顧其法果足恃與孔子論太叔治盜曰糾之以猛對康子患盜曰不欲不竊之兩者可試度之　今日否夫山東壯衛帝畿南通漕輓所慮于盜尤亟也諸士有概于

出其著于篇毋諱 山東刊

國家之視百姓譬之身然德意者榮衛也條暢之以大吏參調之以百執事所以使之充益一身而無壅閼也而民起而為盜則手足跋盭而不舉也設方畧飭戎防劓落其角距而披其黨醫師之按經而投劑也盜未起也而吾有以消之則榮衛流而病不作盜既起也而吾有以遏之則砭石中而病不深不然未事而諱盜既事而又無以弭盜病所為由肢體而入于腠理腸胃心腹之間即俞扁不顧矣　今天下揖

志搏心以奉　天子曩所憂桴鳴而虞燧舉者第一象胥道之一田部吏勞之非有南北羽書之騷生奸雄心也而山東齊民嫺於先民之矩其俗習絃歌非若滇粤西南萬里而編戶獠野好亂也饑民歲貸縣官穀歲負歲寬之有司稍稍奉行　詔書不謹論如法又非有大墨吏魚肉之也然而萑苻之盜往往而是隨捕隨發竟不衰止者則太史公所謂多劫人者大國之風也是故林迫於糊口之策則亡命作奸扺法于贅租之胥則瞋目語難鼓煽于推埋之輩則引

紀批根闘叢于斥莽之陬則揭竿鳴鏑出沒于燕趙宋衛之境則彊吏不及揩而偵卒不及詗蓋齊地多盜則前書記之矣雖然　明天子在上鞭策四夷而獨令幺麼小竊為山東害不便語曰為虺弗摧為蛇若何今盜幸不至如漢殺長吏掠城邑則勢易散也胡不舉漢事觀之也盜起膠東而購賞捕斬者非張敞耶多為之間以離其黨法也盜起平原而部衆掩擊者非趙熹耶出其不意批亢擣虛亦法也龔遂馴渤海賣刀買牛盜賊輒解散彼所謂治亂民猶治亂

繩籌之熟也李固治泰山罷兵歸農盜賊亦輒解散夫非以不治治之者邪是亦一畫也主動者渤海泰山疑之乎縱寇而不知施屠伯之威於潢池之赤子則慘矣王撫者膠東平原疑之乎嗜殺而不知嘘慈毋之愛于寠窳之亂民則悖矣先王懼民之有邪心而盜之不可長也于是稅之以十一而民不困于是訓之以三物而民不息于是敎之以農者耕蠶者織而民不窳于是禁之以司寤氏野廬氏脩閭氏而民不敢自戲于法夫如是故精神流通協氣和鬯而其

或有不軌之民蘖其間可撫也亦可勦也所謂殲厥渠魁脅從罔治者也豈嘗屑屑爲主拘攣之見哉朝廷威德過溪山東羣盜不加于漢文武吏自眎何啻敵蒿遂與固哉顧撫與勦兩無策也則愚所謂惑也說者曰欲弭盜必也嚴保甲乎然保甲可行于都邑不可行于鄉鄙蓋巖木深坳盜之逋匿甚易而廬烟星落我之守望甚難黠盜閒有以先聲喝之者懼其螫之移于我也敢首抗乎既攫主人之金而去甚至殺人幸主人不言又幸吏寢不問則輒相沉匿避

罰敢上變乎又其豪即保甲也敢誰何乎故曰保甲不足恃也孔子論太叔治盜曰寬則民慢慢則糾以猛言所以遏盜者嚴也教康子患盜曰苟子之不欲雖賞之不竊言所以消盜者豫也既不能消又不能遏而區區恃保甲末也愚嘗籌之而得其說凡六而所以消盜之源有三一曰緩催科愚聞馬窮則軼民窮則盜東兖濱河登萊憑海其地斥鹵半之民苦徭役不有望歲于覆盆之照而御恨于向隅之悲者乎誠撫移毋問宿負墾蕪毋急催租老疾則復之瘠磽

則齲之而后肺石之臆申蔀屋之泣釋也二曰崇教化夫一夫善射千夫決拾故吏有閉閤之傷則民有肉袒之悔齊俗即負氣夫非人情邪誠躬表率謹鄉約嚴鬬有禁馳騁有禁背公死黨感分遺身有禁而後獷悍習革蜂蟻無屯也三曰收俠徒夫英布鄱湖盜也劇孟俠也黃巢鹽徒也錯足為天下輕重而今之槁藏蓬蓽其誰甘之故遺棄之則為逋逃之藪而善撫之則為保障之雄者必若而人也誠籍而籠之縣官付以捕責或擢錄不次而後鷹距無虞飈狙詐

可任使也所以遏盜之流亦有三一曰增民兵夫胠篋探囊一夫之力耳至于螘結不勝其磨牙搖毒矣今轅門建牙徒步幾何郡邑城守驍騎幾何枹鼓一鳴懼圍吏之未能戒也即戍卒不可增里額弗可增而歲解薊鎮之民兵不可減乎請分其半鎮邪二萬太原千匹無難辦也二曰嚴賞罰令甲盜贓三日不以報大吏即百石之吏捽胡而係緤之二千石以下坐不職論至嚴也顧文網彌苛而蔽匿彌甚盜決背露齦殺越人于貨而報者曰窬竊而已尉倅懼罪求

羣而闒茸長吏又從而文之此沈命所以蠹漢而[illegible]者所以訣秦也誠嚴為之數獲則旌之全獲則剡之不獲則劍之隱則糾之并其追胥而處分之則激厲之術也三曰許自首民之為盜率詿誤也人知必死而不赦是堅其合也寬之則其黨疑是假手也制侵損于人者不唯首愚以為殺人大劫倘自首亦宜貰其死或量以自首不盡不實之法處之盜喜于脫死而互相告訐則主名可得也之六者皆盜之所以破也而非其本也丘文莊曰得一良令如得勝兵三

萬人何謂良吏黜銛箭之智抑按巫之奇不以繭絲先保障不以鷹鸇先鸞鳳不為凝脂不為椎髓如此則上下相信何法不行何恩不浹幸而無盜策之上也不幸而有盜吾諭之如渤海泰山可也又不幸而諭之不止吾勝之如膠東平原亦可也　明興山以東號良吏如許逵尹樂陵而寇不為害張慶知章丘而道不拾遺縣是道也之所謂善弭盜者也雖然吏稍奉德意而致之民者也而其機則在　上而不在下　朝廷屢下　明旨切責郡邑吏吏廩廩救過不

暇此乃手持足行而非精神學術所流貫也以故治愈鑠急而効愈虛而　輦轂之下且有闕遏而不流者秦淅名藩惡少得以侮大吏江淮內地緇徒得以煽人心而何獨一山東多盜哉　人主觀化理之原廣諮諏之路資啟沃則延公卿而坐籌陳便宜則引郡縣而陛見不下衿帶而明燭翳簷不越俎豆而慮周絕徼務使天下之勢如身使臂如臂使指睟然而溢盎然而通四體百骸不言而喻而無復有疥癬之疾痿痺之患此則所謂通天下為一身而在手君心

加之意有敢以為芹曝獻

問兵家者流其籍具在也顧古今將兵者如此而勝亦有如此而不勝如彼而敗亦有如彼而不敗故直擣晉陽與直走魏郡者同一批亢也而何以虜于晉據馬鞍山與先據北山者同一處高也而何以感于吳蜀荊州者以爭利殲而燕程而追宋金剛者又何邪與戰內奴者以孤軍沒而八百而破楊么者又何樣與遇曹公之歸師其敗亦宜也殽之役則三師何以擒追赤眉

之窮寇其失利固也步之追則全齊何以定之
數者成敗之勢譬若糾墨其故可得聞歟世稱
七書吾祖其淵謀石畫爲爾乃不洽古兵法者
爲世虎臣讀父書者身俘人手豈徃籍不足憑
歟抑奇正之妙固自有在變而通之存乎人歟
不佞儒生也不敢越俎豆治庖顧所爲進二三
子者亦曰兎罝而公侯之也其悉心對我山東刊

凡兵之難非用之難也所以用之之爲難也又非按
徃譜曉古法之爲難而變化其道之爲難也夫兵之

有法也倕之斤淯之絃泰豆氏之筴神智不能越也可以言傳者也而兵之時正時奇倏盈倏虛渾渾沌沌莫知其倪削鐻于神志之間斲輪于甘苦之餘智者神運愚者懵如不可以言傳者也視視爲剽七書之口吻而曰我持是無敵不瑕譬之抱斤而曰倕樹絃而曰淯執鞭弭而曰泰豆氏則人有信之者乎孫子曰兵無常勢水無常形能因敵變化而取勝者謂之神奚以明其然也證在霍嫖姚與趙括也嫖姚爲將軍武帝勸之學古兵法對曰顧方畧何如臣不顧

將也然而嫖姚係名王執貴人天子爲即軍中亦[illegible]
欺[illegible]無二語具嫖姚傳中趙括讀父書父不善
[illegible]以王將括其母以死請無將括王不聽已括卒
坑師長平身作人手語具括傳中故知變化則霍嫖
然不學古法而成大功不知變化則趙括讀父書而
敗死是皆正之爲正奇之爲奇易知也正而奇奇而
正難知也如此而勝不如此而不勝易知也勝而不
勝不勝而勝難知也此所謂兵家之勝不可先傳者
也吾試舉往事評之也批亢擣虛法也而孫臏走大

梁則勝劉鄩擣晉陽則不勝何說也臏詷魏虛故覆
之巢穴且消奚敵臏哉李亞子方鴟張梁用剛卒倖
一逞勢不格矣法曰攻其無備未聞敵有備而攻者
以是不得與馬陵並捷也視生處高法也而趙奢據
北山則勝蜀先主據馬鞍山則不勝何說也奢厚集
其陳敵衝我中堅不動也先主陳兵自繞其陣先動
谷而加囂無庬解乎法曰以靜待譁未有我先譁而
克者以是不得與閼與並功也曹公追劉豫州日夜
馳三百里唐太宗追宋金剛亦日夜馳二百里豫州

英雄魏舉軍爭荆州其法十一而至故敗金剛直餘喙耳我乘其衰勢若破竹所以克也法曰百里而爭利則擒三將軍然又不曰其疾如風動如雷霆乎是矣李陵以五千人當匈奴八萬衆岳飛亦以八百人當楊么十萬衆陵勇而少謀提孤軍深入故敗飛策么目中無么矣知戰之地知戰之日何畏不克法曰以一擊十曰走然又不曰多筭勝少筭不勝乎是矣曹操伐張繡劉表救之操還表繡合兵邀之操擊破之法所謂歸師勿遏也入滑而還秦非歸師乎而晉

人何以過之勝君子曰師行千里勤而無所而有恃心晋所為以特[illegible]三帥也是又一畫也鄧禹與赤眉相持[illegible]不得食[illegible]而急追赤眉左右諫不聽已而赤眉果敗[illegible]也法所謂窮寇勿追也城破而走張英非窮寇乎而耿弇何以追之勝君子曰步既喪膽急擊之可下緩之是縱之使遁也是又一畫也之數者所謂正而奇奇而正勝而不勝不勝而勝者也成敗之轉譬若糾墨不可不察也夫兵者變化無窮之謂也故兵有因俗而變化者秦陳[illegible]而自鬭燕陳守而不

旋而禦之以齊陳楚陳之法則壞兵有因地而變化者散地無戰輕地無止而持之以圍地死地之法則壞兵有因地而變者少則能逃之不若則能避之而鬬之以十圍五攻之法則壞徹乎徹乎無所不變化也彼按往譜曉古法而卒不得一勝者之所謂東嚮望不見西墻南嚮望不見北方者也敢問我擣敵虛而敵還兵自救云何曰則為疑兵以誤敵衆張幟曳柴僞為戰者敵雖內顧後虞我刼進退不得則成擒也我處戰地而敵不來云何曰先怒其所愛則聽矣

以火擊衆云何晝颺塵夜列炬敵不知我寡戰而佯北勁騎衝之敵可撓也歸師遏之云何勿邀其前闕之令逃夾道而擊且擊且走敵有逸路而無鬭心必獲其半追窮寇云何毋急與薄薄則怒敵遥張其殼皷枹四起使不得蓐食敵可盡也故兵猶醫也醫有灸者石者熨者齊者治熱陰石柔齊治寒陽石剛齊其理不可執也夫兵所為變化猶是也柰何泥古一法而呶呶曰知兵也扁鵲過邯鄲為帶下醫過雒陽為痺醫入秦為小兒醫故古者兵家扁鵲也神而

明之變而通之倏往倏來獨見獨聞其究不可窮也

嗟夫將知變化則勝君知假便宜許將變化則制勝

是在將將哉是在將將哉

問齊魯之士匪直嫺於文學蓋亦有武畧爲今兵

家宰祖孫武穰苴氏顧皆是産也其佗霸臣謀

士顯名春秋戰國間者置勿論論其細者爲有

歌南風而料楚者有喻穰田而使趙者有縣布

而賈偪陽之勇者有占風而識四國之灾者之

四子者固瞽師贅婿之輩而超距占角之夫也

然往往于譚兵有裨焉抑有說歟　國家以騎射論策試武士不啻足矣兵家者流輙謂材武有遺錄也然歟否歟山東古爲齊魯爾諸士所自睎奚翅四子然藉令四子而在夫亦可備擊歛鬭槊彈丸連弩風角占測之伎者將遂棄之邪抑薪櫝之徒別有出于　令甲之外者邪諸士試盡言之毋讓　山東

聖人所以易寓內者務使天下盡其所長而無務棄擲其所短夫人有所短必有所長無論霸臣謀士足

稱人主意指即慧者辯有口者力者占角者使足使也則聖人亦廣蒐而薪槱之而況身在行間與敵對壘者從事焉莫不代匱故皷之皮丹砂之屑倉公收爲而儲同之有絲麻無棄菅蒯雖有姬姜無棄蕉萃用是道也 國家設武科與文埒重士破的則錄超距則錄擲管而呻彤便則錄其網羅干城之選計至熟也而山東于古爲齊魯士咕嗶翶翎而口黃石玄女之術爭售有司又非忘也然而識者謂不足盡士何也士固有鑿鑿辯者而或以爲棘刺之母猴田仲

居士不適於用則堅瓴睨之矣故湛盧缺折不若鉛刀之一割也騏驎服箱不若犢牛之必至也胡不舉齊魯往事評之也今兵家流推祖孫武穰苴氏顧孰非是產哉其佗創霸如仲劫盟如劌火燕如單却秦如仲連執事以為顯名春秋戰國間者置勿論論其細者師曠者齊人也而仕晉為樂師平陰之役曠告晉侯曰烏烏之聲樂齊師其遁齊師果宵遁也晉人聞有楚師曠曰不害吾驟歌南風南風不競多死聲楚必無功也若曠者之所謂以慧勝者也淳于髡

者齊之贅婿也[illegible]語楚伐齊齊王恐而使髡之趙求救也齎金百斤車馬十駟髡少之笑而為禱田之喻動王王益髡所持髡卒請趙救却楚也若髡者之所謂以辯有口勝者也師曠瞽人髡亦王以俳優畜之者也然而料楚使趙傾動萬乘又何偉也兵法曰烏集者虛也又曰生間者反報也噫不可令察盈虛乎髡不可令使敵覘敵情折敵氣乎奈何以世為贅為滑稽不一循也秦堇父者孟獻子臣也從之圍偪陽輦重如役主人縣布堇父登之及堞而絕之

隊則又縣之蘇而復上者三偪陽人辭不出也若董
父者之所謂以力勝者也梓慎者魯人也占氣郁乎
中星孛大辰西及漢慎曰火出于夏為三月於商乎
四月于周為五月夏數得天若火作其宋衛陳鄭乎
必以壬午乙而四國同日火也若慎者之所謂以占
角勝者也董父賤臣慎亦下大夫也顧力如虎智如神
蓍蔡又何奇也兵重選鋒亦有譚孫虛旺相者董父
不可令當一隊乎慎不可令望氣祲察災祥就陽避
陰乎柰何以其為一夫之任神官之使而不一講也

今　制試武士直騎耳射耳先資之言耳籍令四手
而在兕董父慎余不知師曠不以聾廢乎微獨曠孫
臏用兵如神而身被刖足之難挚蹶張較長短則臏
固不如黄口小兒之馳駿挽弓也而有司以故事不
録矣坐是令牙辰熊羆之士下走得而批捩之而所
爲扼腕抱恨無已時也夫擊劍闘槊彈丸連弩風角
占測諸伎不足備一科哉是故懿軍伍中各舉一名
遷轉任使敗亦連坐則范仲淹之説也有智畧不必
試以弓馬則歐陽脩之説也舉將帥不限品秩不責

罪過則富弼之說也推擇沉鷙勇悍者以試吏而重牙校之選則蘇軾之說也倣四臣之策而一用之博求天下一伎一藝之士而甄收之故汾陽起于厮卒狄青援于行間則必勝之畫也武王問于太公曰何以知敵壘也太公曰聽其鼓無音鐸無聲其壘上多飛鳥而不驚必知敵詐而爲偶人也然不有空壘而縣轉羊角以誤我師者乎則無師曠爲故也辯士掉舌則下齊奉咫尺之書則以黥布歸漢皆兌類也故曰談言微中亦可以解紛許離不入汴大臣爲使率

計出不敢一語當是時而得淳于髡誚讓諸酋宋事未可知也豹韜曰軍中有大勇士敢死樂傷者聚為一卒名曰冒刃之士有披距伸鉤強梁多力潰破金鼓絕滅旌旗者聚為一卒名曰勇力之士契丹飲馮澶淵而王欽若閉門不出為虜笑也脫有一董父肯井中惜哉孫子曰發火有時起火有日時者天之燥也日者月在箕壁翼軫也凡此四宿者風起之日也曹瞞之臣無一捽慎故竟為周瑜所火也誠羅而致之軍中占候可使也軍志曰御得其道狙詐咸作使

御失其道徂詐咸作敵故管仲之賢也而師老馬隰朋之智也而師蟻夫馬與蟻且可師而況使士乎愚以爲三軍之任非湫小也士紛紛而賈奇非直騎射也椎魯少文又非區區工纖悉也或標鋒敢死或足智略兵或談達不羈可使絕域涓流小善又非可一喙也而

聖天子在御賢公卿在列朝有羔羊野有兎罝山藪之士延頸待詔又千載一時也則如曠如躬如宜父如慎者亟錄之可也

聞古者選將上至天下至地惟得其人其名將者

亦曰君命有所不受將不當便宜專制哉乃斬莊賈者以專制勝而敗將不斬何以能立功于匈奴絶饟道者以不受詔勝而千里請戰何以能抗衡于諸葛豈將固當就羈靮耶抑品與時勢殊耶孫子謂將能而君不御者勝乃載籍所稱太武神武兩主命將出師指授方略是何其君爲爲御也而相州之役　朝廷以兩名將不置帥竟以敗豈將不能直御之耶抑所謂不御者非故弛之耶明興　高皇帝神聖諸將皆

廩廩受成即中山開平諸公睎古名將伯仲矣乃秉 命罔後至偏裨有犯或縛以請茲不與古道異歟夫君不御恐倒持而有尾大之虞將不受御恐權重而有震主之禍茲爲將將者與爲將者計若何而可諸士幸明著于篇俟觀者推擇焉 山東卅

善將者度其主故其功成善將將者度其將故其權尚可謂[illegible]其主夫主迺業已推轂我矣顧其利害形勢時可紓變而情測量者或執拗而敗謀何謂度其

將夫將也業已授之鉞矣顧其才品胥越較于累黍而戲操縱者或倒持而僨事是以智將之度主也核險夷而畫使功不撓則震主之難何繇明主之度將也審羈靮而施使權不測則尾大之虞何繇之兩者其機甚微察于眉睫唯當事者審之古者之遣將也曰上至天下至地唯將軍令而其將亦曰將在外君命有所不受將不當便宜專制哉然亦有其勢毀毉其行委蛇推剛爲柔大信若詘是不可以膠一論也故將者譬則越人之視垣也察癥結辨參覈陰石柔

齊陽石剛齊非其醫殊其所為奏理別也不度其主
而為之畫將不有當炙而熨當陽而陰者乎將將者
譬則造父之御馬也鞍勒銜轡靷鞅靽鶩者今矣
不過束芻而飼駿粟輒一石非其畜殊其所為驕騰
別也不度其將而為之施將不有以駿為駑飼不一
飽者乎何以明其然也司馬穰苴將齊齊使莊賈為
監穰苴與賈期期而至後則斬賈賈固寵臣穰苴以
為法行自賈始即君命赦賈不聽乃衛青伐匈奴佩
大將軍印貴甚裨將蘇建棄軍自歸青軍吏請誅建

青曰其具歸上令自裁于以明人臣[illegible]誅也一偏裨不貴于監亡軍之辠不薄于賈以穰苴眎青青直木強人哉顧青將以不殺建則豈其不暢兵政而選愞若兒女子也青若曰臣幸託肺腑陛下又幸貴臣而臣輒斬一右將軍不便茲其故品殊耶時與勢殊耶不然淠甚武安天子常切齒青戚臣已貴倨而脫又怙權如若而人如覆轍何周亞夫為大尉而將三十六將軍討吳吳攻梁梁急請救大尉大尉不往梁上書言上上使詔大尉大尉守便宜竟不往乃司馬

懿拒諸葛亮亮素挑戰且遺巾幗飾怒懿懿怒表請戰上不許而遣辛毗杖節制懿也詔之不承戰于何有苟利社稷惟便是視以亞夫耻懿懿非夫哉顧懿所以請戰則豈其不請故事而促縮如婦人也懿故習亮策亮且死不欲與亮戰所為固請而示武于其衆耳茲其故品殊耶時與勢殊耶不然張郃王雙俱戰死懿老將脫不虞而輒戰亮中亮料如國事何善乎孫子之言曰將能而君不御勝夫唯能而後不御不能斯御之矣而況乎所謂不御云者非直弛之使

恐為自用也謂毋自縛之令一搖手不得即所謂寬文法借便宜而已者故不御之御乃所以深御之也魏太武命將出師授以成筭從者勝違者毀齊神武任將四討奉行方畧罔不克捷違失指教多致奔亡何者其將不能而其君能則安得不一御也相州之役　朝廷以郭李皆元功難相攝不置帥已進退相顧望責功不專用是敗何者彼其將雖能而其君所為不御之道失也夫將者國之大事死生之地存亡之道不可不察也君不御將則憂伏于尾大之虞唐

之季諸將擁衆兵擅威福飛揚跋扈生其佗心驗已亡論是即如古將軍斬二姬即斬二姬斬貴監軍即斬貴監軍脫也以其衆行無禮如史稱冒頓氏令射馬射姬已射父則柰何也將不受御則身危于震主之勢趙王遷詔李牧牧不受詔王怒而徵捕得牧斬之驗已亡論是即如古將軍斬寵姬及其寵貴人脫也羣姬羣貴人泣上上怒而令人代將召下廷尉則柰何也嗟乎御之不可不御不可是在相機哉　明興　高皇帝獨秉全智芟除羣雄古所稱善將將者

何如之哉乃其命將出師必授成筭如　畀徐達以
伯中原圖　諭傅友德以取蜀方畧皆懸斷于千里
之外而諸將奉　命廩廩應時奏功卒如　上指腙
太武神武剛主尤過之是何高高為御之之深也盖
聖祖之顛倒豪傑如造化然俄為雨露俄為雷霆其
御而不御不御而御國不必泥古將將法而卒未嘗
不合焉耳　國初佐命元勳如中山開平披荆棘定
天下古所稱善將兵者疇如之哉乃其率師四討惡
禀聖筭而左丞胡德濟失律應誅也中山則縛以請

其不敢專誅一眎衛將軍故事是何肻肻爲受御之

深也蓋諸臣之委心　聖祖如父子然披心肝効手

足可以專則專可以請則請固不必泥古將兵法而

卒亦未嘗不合爲耳繇斯以譚善將將則不御勝御

之亦勝善將兵則不受御勝受御亦勝古之將將者

篋書弗視以寵將也九子可誅以謝將也其不御如

此而及其操縱之柄則又跣足嫚罵示倨供帳如

王者示德、璧奪符示威其飼之如羣猨而嗾之如

小兒則何嘗不御哉而古之將兵者晉侯之愛弟可

僇也漢皇帝之車騎可無馳也其不可御如此而反
其處功名之會則又釋兵旅解約束而後入邑上敬
問將軍勞苦則稽首而對曰臣何功之有所賞賜盡
以分士被服如一儒生則何嘗不就人主御哉將如
是故功蔑不成將將如是故權蔑不尊茲所以臣主
兩榮而聲施永永也謹對

楊道行集卷之三十三

目録

七

七擬

楊道行集卷之三十三

全椒楊于庭著

七

七擬有序

昔枚乘作七發張衡作七辯曹植作七啟張協作七命沿及近世大復弇州之屬各有擬余故傚之焉不敢謂美麗如昔人也

蓬累子為大夫退而釣於襄江之滸已有霿露之疾輪菌於邑如忘如失家人大熸有稱玄機丈人者踵

門而私于守者曰伏聞大夫玉體不安信乎曰然憊
幾時曰三年于玆矣盡療諸曰並卜群醫未有間也
言其海上之賤氓也未嘗敢謁門下望清光今願畢
末技大夫前而私計以為疾不足療也守者曰先生
何言之易也大夫之疾始謂其在腠理矣而湯熨不
効既謂其在血脈矣而鍼石不効既又謂其在腸胃
矣而酒醪不効則無乃膏之下肓之上而越人緩所
望而走乎然而先生以為不足療者何也丈人曰夫
憊于躬為疾中于心為憂故不痞而結不痛而呻其

發也怔怔岑岑瞀瞀惛惛診之不得其症望之不得其形問之不對聞之無聲其竟也聞歌以爲哭見醒以爲酲祓之繡錦不知其爲文藝之蘭薰不知其爲馨饗之鐘鼓則垂頭而涕零糾纆咄嗟埃茫綠棼浸淫不治大命乃傾行吾之意用吾之明可以微言要論說不可以藥石浣醴醒也守者介以視大夫大夫方暑月猶有寒色顧強起正襟斂頷而謝客曰憊恐填溝壑矣丈人曰將爲大夫撟引案杭撲肓湔肺搯胷剖肌搦肝浣胃毒熨三陽更傳五會語未卒大夫

怫然隱几而寐丈人曰然則使僕得侍大夫朝夕嗽徹言説玅義容與寛譬奭而心志結轖忽豁精廻神至巫咸不煩祝俞跗不煩劑體休如山色腴若脆大美倘有意乎大夫曰諾

丈人曰竊聞大夫之從政也衣不重帛食不願餘菜蕪之塵滿甑麤參之水一盂歸槖辟立蕭然無儲雖原憲之所不厭寔北門之所謫譏捉襟肘見腸腿不舒將使大夫猗頓盬鹽計然治息白圭觀變子贛貨殖連騎擊鐘素封鼎食子錢流行卬取倪拾鄧氏銅

山巴婦丹穴吳濞煮海烏倮冶鐵張氏無名武子金
埒奇羨百萬灌輸不竭居則孟孫美室武安大宅廣
廈曲旃閣道複壁田則張禹故頃白公舊渠美陂良
田歲入不貲衣則狐白之裘浮光之衣蜀錦吳縠尚
以縣黎食則熊蹯之胹豹胎之燒駝峯鷄跖易牙所
調侍則吳娃燕姬徵舒陽文奉匜侍櫛曼鬋如雲樂
則蔡謳吳歈秦箏趙瑟引商激徵洞房地室爾乃御
文軒攜麗人進百戲蠢虡环步錦障以鬭富閒陂池
之歲緡黴火齊與木難又充牣而嶙峋歌激楚之妙

曲醉陽阿之新聲為歡未渫白日西沉解羅襦拂錦衾遺鈿墮舄藉藉紛紛含睇宜咲日高未醒此亦天下之窮豪極侈廣㦤之樂也大夫願之乎大夫曰老子有言多藏必厚亡且予獨不見慶封乎樸華門闔賓之人扶病不暇不願此也丈人曰蓋聞鳥必託茂林而棲魚必託深壑而潛士必藉禄位而顯故好爵爾縻著于易爾公爾侯詠于詩而大夫嘗仕于朝矣一斥不復沉言孔多鄭驛客去翟門雀羅澤畔之大夫咽泣灞陵之将軍夜呵牢

鑾柄悒傷如之何將為大夫介狗監蒙子公問刀鐶招旌兮枯楊再華郤日復中灰已死而更然毛欲墮而遇風赦魏尚于工作起張敞于編氓孟明以一眚不棄曹沫以三北再庸爾乃堂堂陛陛雍雍容容既一歲兮三遷又日食兮萬鍾橫經白虎觀召對未央宮遍命亨休嘉邑既粃糠之在前寧積薪之居上或牧豕而封侯或折脅而取相或抵掌而關應侯之口或揣摩而扼六國之吭咤叱而震霆生談咲而春雲盎朝陪金張夕仝許史綬何若若印何纍纍賜襚則

分甲乙之帳鳴珂則將冠蓋之[illegible][illegible][illegible]兄而坐西鄉會稽妻而羞履水行酒而群公避[illegible]晝錦而縣令負矢勢年五侯權歆七貴所當者碎一[illegible]擊者斃貤榮先人蔭及末裔此亦天下之快心愉志之樂也大夫願之乎大夫曰尚平氏之言曰貴不如賤富不如貧且僕唯不愛五兩之綸半通之銅以至此極也今方嬰狗馬病何榮貴之敢圖

犬人曰咫尺抱諒涼涼踽踽立如孤根去如飄羽罵慱徒而不通詈廣栁而[illegible][illegible]雖安陵之百數亦緩急

百無與將為大夫控埶駿渀吳刀結三河之大俠從
五陵之名豪丸黃金以為彈飾白玉以連鑣一言投
分千里養交所惡則成疵痏所好則生羽毛爾乃擁
篲信陵躡履平原姬咲躄而必殺客賣漿而晤言執
轡屠肆枉車夷門郅惲代友以讎怨如姬為父而報
恩或食馬而與飲迄韓原之反轅或嬴肝以療瞖激
七百之電奔乃若父事朱家師事田光力折公侯權
行里鄉壐一諾于百鎰藉曹丘之游揚騖塵長安之
客藉名少年之場太尉得布衣而七國以敗君卿嘗

脣舌而五侯治喪更折節以恭儉尤睚眦而不忘將軍爲之緩頰書生斃于舌鋒講勾踐之劍術懾聶蓋而目張讓擊衣而三躍政大呼而屠腸離矐目而擊筑思一扑乎嬴皇咲荆卿之尚疎矧死灰兮武陽于是豪右慕義編簡流芳軒軒霍霍魁魁將將氣如轟雷怒如沸湯彼蓬蒿兮寂寞非齒類之所當此亦天下之游俠之快也大夫能彊起而從之乎大夫曰夫背公死黨以扞當世之文罔客何取焉且僕病矣敬謝客

丈人曰崑崙之宮閬風之嶺有僊人焉黃金為闕白玉為城其陽則天柱日月所隱蔽也其陰則聚窟洲千丈之樹鷩精之香所結根也其禽則九苞五色其獸則變白得玄盖凡翼麋蹄所不能至也将為大夫驂雙龍導兩螭揭翠旗揚金支擊文鼉吹雲篪青鳥翼朱鳳隨翱八極睨兩儀挾日月驅雲霓望蓬瀛而言邁信玉趾之所之爾乃安期進棗陵陽捧卮洪崖拍肩容成顑頋偓佺七藥羨門採芝綮宓妃而一咲閒盧敖之幾時于焉雙成飛瓊之流阿環九華之女

据据行行莘莘駓駓或吹簫以騎鳳或鼓琴而乘[illegible]
或張口而蜂飛或吒石而羊起或跨鶴五嶽之嵓[illegible]
驅鷄入公之侶相與舉觴王母之宮授館玉妃之[illegible]
飲沆瀣之玉漿朧天雞之膳旨俯瞰濁世譬之[illegible]
于廷歌曰遵大路兮攬子袪殆三秀兮華以滋從[illegible]
輧[illegible]紛四馳樂萬歲兮天與期此則長生久視之[illegible]
也大夫能彊起而游乎大夫曰僕甚慕焉直荒[illegible]
亡徵耳然而有起色矣
[illegible]人曰乃若[illegible][illegible]之[illegible]白夜出搗拾鳥夷驛[illegible][illegible][illegible][illegible]

梁爰整其旅以先啓行魚麗七萃雲屯四方士塡左
闔劔及窒皇婦歌小戎之什士賦無衣之章則見其
步者騎者射者距躍者曲踊者操短兵與長戟者蓬
頭突鬢垂冠縵胡之纓短後之衣嗔目而說劔者兩
軍相礧眩眩戕戕洸洸嶈嶈濤濤澎澎瀓如地裂淵
如天崩如震如颶如爐如狼屋尾盡震白日無光獸
不及駭鳥不及翔伏尸雕木流血昆陽光長鬣以夜
呼枝曳柴而僞北昌邑貫蝨之態紀競扶關之力名
王巳俘輜重斯得中一矢以伏弢乘六龐而遁匿掃

鯨穴則落漈不波淨狼烟則燕支無色勒元功于大常振殊威于絕域當是之時雖使眇如郤克禿如行父刖如孫臏猶將俯匐強起希割釆于萬分一也而況直憊懣煩醒嘘唏區區之恙哉大夫曰善然僕不嫻于馳射矣丈人曰干木書生迄藩魏君弦高賈人遽却秦軍魯連以一言折衝曲逆以六奇出數之四子者搴斬不著矢石無闘而皆取縲組如拾芥視僭主若浮雲故曰仍無敵執無兵唯繟然而善謀能制勝于兩楹緩帶可以制吳葱珩可以平荊斯則庶幾

于出車伏杜之役而史編之所流聲奚必騎射麟閣乃名大夫蹷然而起已復嘆曰世莫予知也已矣旃常鍾鼎之業以俟時哲

丈人曰易爻肥遯星象少微故尭稱則天而潁川洗耳武謂盡美而首陽採薇江海之魚深逝雲霄之鳥高飛弋人何慕鷗鳥忘機夫亦各得其志也將為大夫鳥皮之几白板之扉咏考槃以獨寐樂衡門而忘饑從王倪與齧缺學善卷與披衣荆與負[illegible]顔闔鑿坯小山之桂大谷之梨林木茇骫猨狖嘯啼岑崟嵯峨

峨濺濺淒淒撫秋月以三弄問春雨之一犁或臨流而把竿或看山而杖藜漆園隱兮傲吏萊子偕兮逸妻君平卜兮蜀市梁鴻歸兮會稽安林類兮拾穗隨尸鄉兮祝雞既鷃冠兮獨往又鹿門兮長攜江上漁父之濯足漢陰丈人之灌畦爾乃戔戔束帛賁于丘園皎皎白駒在彼空谷抗意不貲之軀遺情無望之福辭玄纁而不居癖泉石以終卜寧曳尾于塗中能爲犧而慕犢汎汎喓藻之鳧呦呦食蒿之鹿已矣哉[illegible]陝之瀨商山之岑仰而山高俯而泉深重基可以

擬志清流可以比心或五月而披裘負薪或九十而帶索鼓琴已愉心于三樂復何有于一金此亦天下之逸民山居之樂也大夫顧之乎大夫曰善顧僕姓名之挂人間也久矣其逃名焉如日中之避影也柰之何然而陽氣見于目睫幾滿大宅

丈人曰乃若洪荒既分玄黃伊始仰觀天文俯察地理河圖卦而洛書疇聖人不知其所繇起虞夏[illegible]渾無涯渼周雅便嬛殷盤媧詭續詩亡而[illegible]工其在此聖遠言晦分途争軌源為崑[illegible]

樞為壯辰象星象指檀弓考功意輿文璣構下書而五千關尹占其氣紫漆園起而遺逸洸洋恣其所之賦則楊馬上林羽獵之所哆騷則屈宋大招九辯之所擬世家腐令素臣盲史十九枚氏五言蘇李咸同工而異曲或代降而遞靡人麾大將之壇戶築名王之壘糺糺藉藉礧礧瀰瀰苟精神之與游雖千里其尺咫爾乃口不輟吟手不停披咀其華而汰其滓漱其潤而啜其醨蘧廬乎六藝之里浸淫乎百家之司追先秦之氣蒼陋六朝之格卑攄為文章韻為辭詩

放之丘壑以益其奇昇之牢縣以精其思其始之濾然而闕也截海之綱彌天之罝如紀昌之射蝨也其既之塔然而忘也若苦若甘乍疾乍徐如象罔之玄珠也其終之爛然而成章也上銷三光下鑠草木如天女之散花也故其譽之不為加訾之不為卑將天之有意于斯人故得謗而名隨舉世不應適與神期藏之名山後世乃知此亦天下之徹言要論也大夫豈欲聞之乎于是大夫瞿然正坐輾然色喜𢥞乎汗出霍乎疾已敬謝丈人請書斯語